修訂版

中學生文學精讀・冰心

陳恕 編

責任編輯		舒　非　劉汝沁
書籍設計		吳丹娜

書　　名		中學生文學精讀・冰心（修訂版）
編　　者		陳　恕
出　　版		三聯書店（香港）有限公司
		香港北角英皇道 499 號北角工業大廈 20 樓
		Joint Publishing (H.K.) Co., Ltd.
		20/F., North Point Industrial Building,
		499 King's Road, North Point, Hong Kong
香港發行		香港聯合書刊物流有限公司
		香港新界荃灣德士古道 220-248 號 16 樓
印　　刷		美雅印刷製本有限公司
		香港九龍觀塘榮業街 6 號 4 樓 A 室
版　　次		2017 年 10 月香港第一版第一次印刷
		2023 年 4 月香港第一版第三次印刷
規　　格		特 16 開（150 × 210 mm）208 面
國際書號		ISBN 978-962-04-4227-8

© 2017 Joint Publishing (H.K.) Co., Ltd.

Published & Printed in Hong Kong, China.

冰心在書房兼臥室內，和愛貓「咪咪」（1990 年）。

1 | 3
2 |

❶ 冰心夫婦與父母合影（父：謝葆璋，母：楊福慈。1929 年於上海）。
❷ 冰心與丈夫吳文藻攝於中央民族學院寓所（1984 年）。
❸ 冰心夫婦與長子吳平、大女兒吳冰、小女兒吳青攝於燕京大學燕南園（1938 年）。

1 | 2
　 | 3

❶ 冰心與小女兒吳青、女婿陳恕合影（1995 年於北京醫院）。
❷ 冰心與「小橘燈」（《兒童文學》雜誌為冰心《寄小讀者》發表六十年而作，1983 年）。
❸ 冰心手跡。

大海呵！

哪一颗星没有光？

哪一朵花没有香？

哪一次我的思潮里

没有你波涛的清响？

—— 繁星 131 ——

目錄

前言　　　　　　　　　　　　　　　　　　　　i

散文

【導讀】　　　　　　　　　　　　　　　　　2

笑　　　　　　　　　　　　　　　　　　　　4

往事（一）之七　　　　　　　　　　　　　　7

往事（一）之十四　　　　　　　　　　　　　11

寄小讀者・通訊七（一九二三年）　　　　　　15

往事（二）之三　　　　　　　　　　　　　　20

往事（二）之八　　　　　　　　　　　　　　25

山中雜記・說幾句愛海的孩氣的話　　　　　　31

新年試筆　　　　　　　　　　　　　　　　　35

一日的春光　　　　　　　　　　　　　　　　38

默廬試筆　　　　　　　　　　　　　　　　　43

再寄小讀者　　　　　　　　　　　　　　　　49

通訊二（一九四二年）

通訊四（一九四四年）

丟不掉的珍寶　　　　　　　　　　　　　　　56

觀舞記 —— 獻給印度舞蹈家卡拉瑪姐妹　　　62

再寄小讀者　　　　　　　　　　　　　　　　67

通訊二（一九五八年）

通訊四（一九五八年）

通訊五（一九五八年）

通訊六（一九五八年）

通訊七（一九五八年）

櫻花讚　　　　　　　　　　　　　　81

只揀兒童多處行　　　　　　　　　　87

海戀　　　　　　　　　　　　　　　90

我的故鄉　　　　　　　　　　　　　95

我的童年　　　　　　　　　　　　　104

我到了北京　　　　　　　　　　　　115

我入了貝滿中齋　　　　　　　　　　121

綠的歌　　　　　　　　　　　　　　129

我的老伴 —— 吳文藻　　　　　　　132

我夢中的小翠鳥　　　　　　　　　　154

我的家在哪裡？　　　　　　　　　　156

詩歌

【導讀】　　　　　　　　　　　　　162

繁星　　　　　　　　　　　　　　　164

一、二、一〇、一二、一四、一五、一六、二三、三四、四五、
四八、五三、五五、六九、七四、八八、一一六、一二七、
一四四、一五六、一五九

春水　　　　　　　　　　　　　　　173

一、二、三、五、一八、一九、二〇、二一、二二、二三、三三、
四三、四七、九四、一一二、一一三、一二五、一五二、一五八、
一七〇、一七四、一八二

玫瑰的蔭下　　　　　　　　　　　　183

紙船 —— 寄母親　　　　　　　　　185

別踩了這朵花　　　　　　　　　　　188

前言

陳　恕

（寫於一九九六年三月）

　　冰心自一九一九年開始文學創作，到一九九四年基本擱筆，創作活動已七十五年，在仍健在的中國作家中，她的創作生涯是最長的。尤其可貴的是，她在晚年仍文思敏捷，筆耕不輟。冰心的文學成就是多方面的，無論是她的小說、詩歌或散文作品，都具有開拓性。她在這些創作領域內的個人獨創性，從而給新文學運動以獨特、卓越的貢獻。在二十世紀中國文壇上，像冰心這樣取得多方面成就，影響如此之大的作家是絕無僅有的。

　　冰心文學成就最卓著，影響最廣泛的當屬兒童文學。冰心早在二十年代初，她還在大學唸書時，就開始寫作，一九二三年，她以優異的成績畢業於燕京大學，獲得了金鑰匙獎的殊榮，並於同年八月啟程去美國威爾斯利女子大學研究院深造。行前，她首先想到的是祖國的小朋友，計劃要為千百萬小讀者創作。她提議《晨報》開闢《兒童世界》專欄，她到美國後，率先發表了《寄小讀者·通訊一》。接着，她在三年中寫了二十七篇通訊和《山中雜記》。一九二七年她出版了《寄小讀者》。《寄小讀者》向國內小讀者報道了她旅途的見聞，娓娓地敘述異國的風景和習俗，坦誠地表達了自己的真實感受和情懷。冰心為「五四」以後的小朋友們開啟了一扇啟迪心靈的窗戶，《寄小讀者》以其豐富的知識、純樸的感情、創新的

形式、清麗的語言，贏得了廣大小讀者，也包括成人的喜愛，中國一代又一代的少年兒童，從這些作品中吸取豐富的營養，獲得巨大的教益。他們終身不忘冰心的奉獻。馮牧、秦牧、郭風、任大霖、謝冕等都有文章談到《寄小讀者》對他們的影響。馮牧說：「對於像我這一代的文學工作者，沒有從冰心作品中那種真摯、明麗、流暢、自然、樸素的文學風格和文學氣質受到影響的人，恐怕不多。」（《真誠的祝願》）《寄小讀者》是中國散文園地裡的一朵奇葩，也是兒童文學的奠基之作，她確定了冰心在兒童文學史上的開拓者地位。

在舊中國封建制度下，兒童教育是不被人們重視的，根本沒有適合少年兒童閱讀的文學作品。直到本世紀初，即使出現一些從外國翻譯過來的童話、寓言，和根據古典文學作品改編的兒童讀物，品種也不多，廣大少年兒童的精神食糧仍然相當貧乏。「五四運動」以後，隨着新文學運動的發展，兒童文學創作開始引人注目。剛剛登上文壇的冰心以敏銳的眼光，關注少年兒童的命運，創作了一組以少年兒童不幸遭遇為題材的「問題小說」，希冀人們起來改變孩子們的苦難生活。她傾注主要精力為少年兒童寫作。她那清新優美的通訊，把兒童散文昇華到一個高超的境界。三十年代，她創作了富有現實意義的兒童小說《分》、《冬兒姑娘》等跳動着時代脈搏的作品。四十年代，日寇瘋狂地進攻我國廣大領土，中國人民處在水深火熱之中，抗日救國運動風起雲湧，遍佈各地，冰心不甘心在淪陷區苟延偷安，決心冒風險，歷艱苦，跋涉千里進入西南大後方，參與抗戰大業。她相繼住在昆明和重慶，但對全國的小讀者仍然極為關注。她寫了四篇《再寄小讀者》。她這時文章的激情與自己的心緒和二十年代相比，少了些歡快，增添了些憂慮和沉重。

新中國成立後，政府把少年兒童看作革命的未來，祖國的希望，把對他們的教育提高到歷史上從未有過的崇高地位，兒童文學也受到高度重

視。一九五一年，冰心從日本輾轉回到祖國，她看到祖國一片欣欣向榮的景象，到處活躍着天真活潑的兒童的身影，冰心的心靈被強烈地激蕩着，她把自己誠摯的愛獻給新一代的小讀者，更加自覺地為孩子寫作。她相繼發表了中篇小說《陶奇的暑期日記》；短篇小說《小橘燈》、《回國以前》、《好媽媽》、《在火車上》；通訊《還鄉雜記》、《再寄小讀者》；兒童詩《雨後》、《別踩了這朵花》、《六一節在拉薩》以及其他文學作品。她不僅自己努力創作，還為孩子們大聲疾呼，懇切地要求作家們重視兒童的文學創作。一九五八年，冰心在中斷了和小讀者通訊二十年後，又繼續寫《再寄小讀者》，她對小讀者說：「在這不平常的春天裡，我又極其真切，極其熾熱地想起你們來了。我似乎看見了你們漆黑發光的大眼睛，笑嘻嘻的通紅而略帶　腴的小臉……好吧，我如今拿起這支筆來，給你們寫通訊。不論我走到那裡，我要把熱愛你們的心，帶到那裡！」

在「文革」的十年中，受損失最大的是青少年，粉碎「四人幫」以後，首先應該重視的是對少年兒童的教育和愛撫。冰心高瞻遠矚，明確地指出：「……我國今日的兩億兒童，正是二○○○年的生力軍和主人翁。這些孩子是剛從『四人幫』一手造成的黑暗、邪惡、愚昧的監牢裡釋放出來，來接觸清新的、耀眼生花的民主與科學的光明、善美、聰慧的空氣和陽光！我們必需小心翼翼地來珍惜和培育這些蓓蕾，一面掃除餘毒，一面加強滋養，這無比艱巨的任務，已經歷史地落在我們這一代兒童文學作家身上……我們必需抓緊這個時機，勇敢而愉快地擔負起這個無比光榮的責任。」

一九八○年冰心和巴金率中國作家代表團出訪日本，回國後她得了腦血栓，後來又是股骨頸骨折，但她以堅韌的毅力克服疾病帶來的不便，她練習寫字，練習走路，恢復肌體的機能。就在她住院期間，她收到了《兒童文學》送給她祝賀生日的畫，「這是一個滿臉笑容，穿着紅兜肚，背上

扛着一對大紅桃的孩子，旁邊寫着『敬祝冰心同志八十大壽』，底下落款是，一九八〇年十月《兒童文學》敬祝』」。冰心老人看到他，感到快樂，也受到鼓舞。她「希望在一九八一年我完全康復後，再努力給小朋友寫些東西。西諺云『生命從八十歲開始。』我想從一九八一年起……努力和小朋友一同前進！」接着冰心連續寫了十篇《三寄小讀者》，題材十分廣泛。她諄諄教誨孩子們要熱愛科學，勤勉學習；要珍惜時間，講究效率，做社會主義事業的接班人；要放眼實踐，珍重各國人們的友誼。她說，「我為兒童寫作的意義愈來愈明確了。」的確，在這些通信中，描寫山光水色的內容少了，而社會教育的內容增多了。但她一如繼往地對孩子滿懷深情地親切敘談，循循善誘。這一時期，冰心的創作進入了又一個高潮，她創作了不少散文、詩歌和小說，雖然不都是專門為兒童和青少年寫的，但好些都是以兒童的身份、兒童的視角、兒童的心態寫的，其用意是極為明顯而又深長的。

冰心的兒童文學作品充滿着對少年兒童的愛和希望。她從兒童的特點出發，寓教育於情趣，以情感人。她從不以少年兒童的教育者面貌出現，而是與他們促膝談心，敘述自己生活中的見聞和內心感受，她的敘述是那樣富有情趣，從而打動了少年兒童的心，使他們在激動快樂中，不知不覺地從作品中得到啟迪和教益。啟發少年兒童的民族自尊心和民族自豪感，是對少年兒童進行愛國主義教育的手段，冰心的作品就是通過對事物的生動描寫，抒發對祖國真摯的愛，啟發小讀者的民族自豪感和榮譽感。作者對祖國的讚頌是通過自己親身的感受，自然抒發出來的，是她真情的自然流露，這也是她作品感人的原因。冰心在作品中還藝術地糅進一些天文、地理、歷史、科學方面的知識，通過生動、活潑的形象的描繪，使小讀者們在妙趣橫生中擴大知識面，增添智慧。冰心的作品注重以美的教育來陶冶和培養少年兒童的高尚品德，引導他們積極向上，健康成長，喚起他們

對科學、對真理的渴望和追求。

冰心從二十年代到九十年代為兒童創作從未中斷過，像她這樣一生為兒童文學事業奉獻，創作跨度如此之大的作家是罕見的，這是因為她對祖國兒童有一顆純潔的愛心，把對未來的希望都傾注在兒童和青少年身上。她熱愛孩子，一心一意為他們創作，她的作品整整影響了八代人。最近《冰心全集》由福建海峽出版社出版了，在這套全集出版的時候，巴金寫下了這樣幾句話：「一代代的青年讀到冰心的書，懂得了愛：愛星星，愛大海，愛祖國，愛一切美好的事物。我希望年輕人都讀一點冰心的書，都有一顆真誠的愛心。九五、八月五日。」

在編輯這本「中學生文學精讀」的過程中，我彷彿步入了愛心的殿堂，深深地體味到冰心對我們偉大的祖國、偉大的民族的真切情意，對兒童和青少年的愛。冰心有一顆博大的熱愛兒童和青少年的心，希望他們都能受到好的教育，健康成長。同學們，讓我們一起步入這座文學、知識與愛心的寶庫，去探索，去求得心靈的啟迪。

散文

冰心說：「母親呵！你是荷葉，我是紅蓮。心中的雨點來了，

除了你，誰是我在無遮攔天空下的蔭蔽？」

【導讀】

在各種文體中，冰心偏愛散文，寫下了散文詩、抒情小品、議論雜文、文藝隨筆等各種散文。早在二十年代她那明麗典雅、純潔柔美的散文就風靡一時，她滿懷着溫馨的愛，微帶憂愁的情懷，委婉含蓄、率直坦誠的筆調，清新明麗的語言，打動過千千萬萬青少年讀者的心。

她在「五四」時期的散文創作，主要是抒發個人對生活的體驗和對社會現實的感悟，如她的第一篇散文《二十一日聽審的感想》，表達了她對軍閥迫害愛國學生的憤慨，二十年代她在留美期間寫的《寄小讀者》、《山中雜記》等則以清新優雅、雋美明麗的筆調，寫出她在國外學習生活的感受和眷戀祖國、懷念親人的無限情思。《寄小讀者》是我國詩體散文的先河，她的作品一開始便具有開拓性和開創風氣之先的品格，從而使她的作品不僅具有個人文學風格，而且具有深遠的影響和不朽的價值。

在三四十年代，面對日本帝國主義的入侵造成的民族危機，她把目光投向嚴酷的現實，謳歌了普通勞動者與愛國知識階層在敵後的艱苦生活、中華民族堅強不屈和艱苦奮鬥的精神。她除了寫出了《默廬試筆》，這樣直接鼓動抗戰情緒的作品外，還出版了《關於女人》這本散文集，以此來探究「偉大的中華兒女精神」，為抗戰服務。

從五十年代到六十年代中期，她寫下了像《我們把春天吵醒了》、《歸來以後》、《櫻花讚》等一百五十多篇散文。作為一個愛國主義者，冰心不能不為祖國的富強、人民的康樂而謳歌，她歌頌新中國，讚揚社會主義時期的新人新事，和各國人民保衛世界和平、加強國際文化交流，並為此做出了巨大貢獻。這時她捨棄了她以往的柔細清麗的風格而轉向「蒼勁樸茂」。

八十年代中期她的散文創作進入了一個高潮，這個高潮可以與她

的第一個創作高潮相媲美。假如說第一個高潮以問題小說、短詩集《繁星》、《春水》和散文系列《寄小讀者》為標誌，那第二個高潮則以新社會問題小說和她的散文系列《我的自傳》、《關於男人》、《想到就寫》為標誌。她近十年的作品雖然不及早年多，但她的作品一如早年之作，仍充滿着詩的激情和哲理之見，不過她更增添了幾分辛辣。她仍執着地寫短文，從她較早的《笑》到《五行缺火》、《關於岳王墳》、《想到就寫》等的急就篇，看似一揮而就，實則爐火純青，千錘百煉：《序〈天上人間〉》僅用了一百零三個字，卻表達了她對周總理的崇敬懷念之情。《我的家在哪裡？》音符不多，但旋律繞樑；畫面清雅，卻意境深遠。文章短小精悍，方能有望於膾炙人口，傳之久遠。文貴精深，句重清新。畫龍點睛似的再現生活，韻味人生，表達情志，展示性靈，顯露風骨，非用濃縮的語言不可。她的回憶往事和記念友人的散文寫得情深意切，特別是那些隨感性的文章，有感而發，文短而思深。像《我請求》那樣為民請命，批評時弊陋習的文章，語言真誠、文字充滿感情，表達了她對目前我國教育事業的關心和憂慮。在她晚年的散文作品中，她要求「真話」，她追求「真話」，她說，「一切不順眼、不稱心的事，我都可以用文字寫了出來。」這正體現了她正直坦率的風骨。

笑

【題解】

《笑》是冰心最早的、也是中國現代文學史上的著名篇章。在「五四運動退潮後，冰心既未與革命先驅者攜手並進，又不願與封建勢力同流合污，苦悶彷徨之際」，作者以愛的哲學來撫慰他人和自己，七百字的一篇短文，不施藻飾，不加雕琢，只是隨意點染，勾畫了三個畫面：一位畫中的小天使，一位路旁的村姑，一位茅屋裡的老婦人，各自捧着一束花。三幅畫面構成一個和諧寧靜的世界。

【文本】

雨聲漸漸的住了，窗簾後隱隱的透進清光來。推開窗戶一看，呀！涼雲散了，樹葉上的殘滴，映着月兒，好似螢光千點，閃閃爍爍的動着。——真沒想到苦雨孤燈之後，會有這麼一幅清美的圖畫！

憑窗站了一會兒，微微的覺得涼意侵人。轉過身來，忽然眼花繚

亂，屋子裡的別的東西，都隱在光雲裡；一片幽輝，只浸着牆上畫中的安琪兒[1]。——這白衣的安琪兒，抱着花兒，揚着翅兒，向着我微微的笑。

「這笑容彷彿在哪兒看見過似的，什麼時候，我曾……」我不知不覺的便坐在窗口下想，——默默的想。

嚴閉的心幕，慢慢的拉開了，湧出五年前的一個印象。——一條很長的古道。驢腳下的泥，兀自[2]滑滑的。田溝裡的水，潺潺的流着。近村的綠樹，都籠在濕煙裡。弓兒似的新月，掛在樹梢。一邊走着，似乎道旁有一個孩子，抱着一堆燦白的東西。驢兒過去了，無意中回頭一看。——他抱着花兒，赤着腳兒，向着我微微的笑。

「這笑容又彷彿是哪兒看見過的！」我仍是想——默默的想。

又現出一重心幕來，也慢慢的拉開了，湧出十年前的一個印象——茅簷下的雨水，一滴一滴的落到衣下來。土階邊的水泡兒，泛來泛去的亂轉。門前的麥壠和葡萄架子，都濯得新黃嫩綠的非常鮮麗。——一會兒好容易雨晴了，連忙走下坡兒去。迎頭看見月兒從海面上來了，猛然記得有件東西忘下了，站住了，回過頭來。這茅屋裡的老婦人——她倚着門兒，抱着花兒，向着我微微的笑。

這同樣微妙的神情，好似游絲一般，飄飄漾漾的合了攏來，縮[3]在一起。

這時心下光明澄靜，如登仙界，如歸故鄉。眼前浮現的三個笑容，一時融化在愛的調和裡看不分明了。

一九二〇年

【注釋】

〔1〕 安琪兒：英語 angel 的譯音，意為天使。

〔2〕 兀自：尚，還。

〔3〕 縮：把長條形的東西盤繞起來打成結。

【賞析】

作者以對三個笑容、三種情景的刻畫以及對「愛的調和」的理想生活的嚮往之情引起讀者的矚目。

這三幅畫面沒有一點聲音。三束白花襯托着微笑，真誠、純淨、自然。它表現了作者對「美」和「愛」的憧憬。

然而，萬籟無聲中，又分明隱約地聽到一支宛轉輕盈的抒情樂曲。小提琴聲不絕如縷，低迴傾訴，使人悠悠然地隨它步入一片安寧澄靜的天地，而且深深地陶醉了。待你定睛尋覓時，琴聲戛然而止。曲終人不見，只有三張笑臉，三束白花，一片空靈。

正是由於作者心地純淨，因而在「苦雨孤燈之後」，她能感受到安琪兒的微笑，並進而觸景生情，展開聯想，拉開心的帷幕，推出五年前、十年前的兩幅畫面。作者沉入了無限遐想，眼前一片光明澄靜。她和仙境一般的故鄉的境界融為一體，找到了真善美 —— 人們追求的最高境界。

往事（一）之七

【題解】

冰心是一位至誠的母愛禮讚者，她的許多作品，都是以「滿蘊着溫柔，微帶着憂愁」的筆觸，抒寫和頌揚母愛。《往事》（一）之七是冰心謳歌母愛的名篇。

《往事》和《寄小讀者》是冰心早期散文代表作，它們標誌着冰心散文獨特風格的形式，從而奠定了冰心在中國現代散文史上的地位。

本篇最初載於一九二二年十月十日《小說月報》第十三卷第十期，後收入小說、散文集《超人》（上海商務印書館發行之文學研究會叢書一九二三年五月初版）。《往事》（一）共二十則，本書選二則。

【文本】

父親的朋友送給我們兩缸蓮花，一缸是紅的，一缸是白的，都擺在院子裡。

八年之久，我沒有在院子裡看蓮花了 —— 但故鄉的園院裡，卻有許多；不但有並蒂的，還有三蒂的，四蒂的，都是紅蓮。

九年前的一個月夜，祖父和我在園裡乘涼。祖父笑着和我說，「我們園裡最初開三蒂蓮的時候，正好我們大家庭中添了你們三個姊妹。大家都歡喜，說是應了花瑞。」

半夜裡聽見繁雜的雨聲，早起是濃陰的天，我覺得有些煩悶。從窗內往外看時，那一朵白蓮已經謝了，白瓣兒小船般散飄在水面。梗上只留個小小的蓮蓬，和幾根淡黃色的花鬚，那一朵紅蓮，昨夜還是菡萏[1]的，今晨卻開滿了，亭亭地在綠葉中間立着。

仍是不適意！—— 徘徊了一會子，窗外雷聲作了，大雨接着就來，愈下愈大。那朵紅蓮，被那繁密的雨點，打得左右欹[2]斜。在無遮蔽的天空之下，我不敢下階去，也無法可想。

對屋裡母親喚着，我連忙走過去，坐在母親旁邊 —— 一回頭忽然看見紅蓮旁邊的一個大荷葉，慢慢的傾側了來，正覆蓋在紅蓮上面⋯⋯我不寧的心緒散盡了！

雨勢並不減退，紅蓮卻不搖動了。雨點不住的打着，只能在那勇敢慈憐的荷葉上面，聚了些流轉無力的水珠。

我心中深深的受了感動 ——

母親呵！你是荷葉，我是紅蓮。心中的雨點來了，除了你，誰是我在無遮攔天空下的蔭蔽？

一九二二年七月二十一日

【注釋】

〔1〕 菡萏：即荷花。本篇指含苞未放的荷花。
〔2〕 欹：斜，傾斜。

【賞析】

　　第一個獨立段是引子，第二段冰心接着回憶故鄉園院裡的蓮花和祖父以蓮喻人的「笑語」，下面六段是這篇散文的主要部分：冰心精心描繪兩缸蓮花在雨中的不同遭遇和自己情緒的起落變化，最後產生聯想，深情歌頌母愛的純正無私，從而主題得到顯露與昇華。表面看來，那段回憶似與主題無關，實則亦為作者匠心獨運之所在：既然祖父曾把三蒂蓮比喻為冰心三姊妹，那麼冰心如此關注蓮花命運，又把紅蓮比作自己，豈不是順理成章的事嗎？

　　這篇散文的聚焦點是荷葉覆蓋紅蓮，為紅蓮遮蔽風雨的鏡頭。這個鏡頭的確撼人心魄。冰心着力渲染自己與紅蓮命運息息相通，以便於融情於景。

　　夜聞雨聲，晨見天陰，「我」記掛蓮花，故而「覺得有些煩悶」；從窗內往窗外看時，果見白蓮已被一夜無情風雨所摧殘，所幸昨天含苞未放的紅蓮卻經住了風吹雨打，開滿了花，亭亭地在綠葉中間立着。但天氣不佳，在更大的風雨中，在無遮蔽的天空下，紅蓮頂得住麼？想到此，「我」仍是「不適意」；果然，不久雷聲大作，大雨傾盆，那朵嬌艷的紅蓮被緊密的雨點打得左右傾斜，「我」正在無法可想，讀者與作者一起為紅蓮命運擔憂之際，奇跡出現了，紅蓮旁邊一個大荷葉慢慢傾側了下來，正覆蓋

在紅蓮上面，「我」終於鬆了一口氣，「不寧的心緒散盡了」；接下來，儘管「雨勢並不減退，紅蓮卻不搖動了」，因為「勇敢慈憐」的荷葉為它承受了全部的風雨，這一帶有偶然性的自然景象立即觸動作者溫柔的情懷，「心中深深的受了感動」。冰心自然聯想到柔弱的自己與恩慈的母親之間的親子之情，由衷地發出對偉大崇高的母愛的讚嘆，表達歌頌母愛的主題。

往事（一）之十四

【題解】

冰心三歲就隨父母離開福州來到海濱城市煙台，父親謝葆璋當時在煙台任海軍學校校長，冰心也就隨父母在軍營裡度過了十一個春秋，大海就成了她童年活動的舞台。因為她從小接近大海，也就愛戀上了大海，她的作品，特別是詩和散文，喜歡以大海作為審美對象、抒情主體。冰心的「愛的哲學」包含母愛、對兒童的愛、對大自然和祖國的愛等方面，對大自然的愛又主要表現為對大海的熱愛。《往事》（一）之十四就是一首大海的歌。

【文本】

每次拿起筆來，頭一件事憶起的就是海。我嫌太單調了，常常因此擱筆。

每次和朋友們談話，談到風景，海波又侵進談話的岸線裡，我嫌太

單調了，常常因此默然，終於無語。

一次和弟弟們在院子裡乘涼，仰望天河，又談到海。我想索性今夜徹底的談一談海，看詞鋒到何時為止，聯想至何處為極。

我們説着海潮，海風，海舟……最後便談到海的女神。

涵説，「假如有位海的女神，她一定是『艷如桃李，冷若冰霜』的。」我不覺笑問，「這話怎講！」

涵也笑道，「你看雲霞的海上，何等明媚；風雨的海上，又是何等的陰沉！」

杰兩手抱膝凝聽着，這時便運用他最豐富的想像力，指點着説：「她……她住在燈塔的島上，海霞是她的扇旗，海鳥是她的侍從；夜裡她曳着白衣藍裳，頭上插着新月的梳子，胸前掛着明星的瓔珞〔1〕；翩翩地飛行於海波之上……」

楫忙問，「大風的時候呢？」杰道：「她駕着風車，狂飆〔2〕疾轉的在怒濤上驅走；她的長袖拂沒了許多帆舟。下雨的時候，便是她憂愁了，落淚了，大海上一切都低頭靜默着。黃昏的時候，霞光燦然，便是她回波電笑〔3〕，雲髮飄揚，丰神輕柔而瀟灑……」

這一番話，帶着畫意，又是詩情，使我神往，使我微笑。

楫只在小椅子上，挨着我坐着，我撫着他，問，「你的話必是更好了，説出來讓我們聽聽！」他本靜靜地聽着，至此便抱着我的臂兒，笑道，「海太大了，我太小了，我不會説。」

我肅然——涵用摺扇輕輕的擊他的手，笑説，「好一個小哲學家！」

涵道：「姊姊，該你説一説了。」我道，「好的都讓你們説盡了——我只希望我們都像海！」

杰笑道，「我們不配做女神，也不要『艷如桃李，冷若冰霜』的。」

他們都笑了——我也笑説，「不是説做女神。我希望我們都做個『海

化』的青年。像涵説，海是溫柔而沉靜。杰説的，海是超絕而威嚴。楫説的更好了，海是神秘而有容，也是虛懷，也是廣博……」

我的話太乏味了，楫的頭漸漸的從我臂上垂下去，我扶住了，回身輕輕地將他放在竹榻上。

涵忽然説：「也許是我看的書太少了，中國的詩裡，詠海的真是不多；可惜這麼一個古國，上下數千年，竟沒有一個『海化』的詩人！」

從詩人上，他們的談鋒便轉移到別處去了——我只默默的守着楫坐着，剛才的那些話，只在我心中，反覆地尋味思想。

【注釋】

〔1〕　瓔珞：古代用珠玉貫穿的裝飾品，多戴在頸項上。
〔2〕　狂飆：急驟的暴風。
〔3〕　回波電笑：回頭一笑。波，眼睛，回波，回頭看，電笑，笑容有似閃電。

【賞析】

這篇以大海為題材的文章立意新穎，她不是坐在海濱，觀賞海景，而是通過在院子裡乘涼時，姐弟們的對話，為大海塑像。他們四人交談就成為了這篇散文的重點，他們把海擬人化，極力描述海的女神的動人形象，在大弟為涵的心目中，海的女神「艷如桃李，冷若冰霜」，他抓住了海面時而明媚，時而陰沉變化莫測的特點；二弟為杰想像力最豐富，他描繪了海的女神的起居、儀容、穿着、裝飾、性格諸多方面；小弟為楫則道出了

一句既簡單又包含哲理的話語，表明海是那樣的博大，人是那樣渺小；最後，冰心話海，她對海的見解，比起弟弟們來，自然高出一籌。她總括提煉了弟弟們的說法，在此基礎上提出做一個「海化」青年的希望，她認為一個人應像海那樣，「溫柔而沉靜」，「超絕而威嚴」，「神秘而有容」，「虛懷」而「廣博」，她將對海的歌頌昇華到人生哲理的高度，熱切呼喚像大海那樣美好的人生和博大的品格。

散文運筆自由，不拘一格，但形散而神不能散。這篇散文寫得緊湊集中，緊扣一個海字做文章，開宗明義就是海，貫穿全文都是海，敘事、抒情、議論圍繞海，不枝不蔓。眾所周知，客觀景物進入文學作品往往着上作家的感情色彩，因此海的形象在不同作家筆下風姿迥異：同是「五四」時期的作家，郭沫若筆下的大海是波濤洶湧的男性大海，具有陽剛之美；而冰心筆下的大海卻是婀娜多姿的女性大海，具有陰柔之美。

冰心的散文以情動人，她寫人敘事描景，無不融進自己的真摯感情。為涵和為杰關於海的女神的描述，「使我神往，使我微笑」；聽了為楫的天真而又深刻的話語，「我肅然」；一番關於大海和人生的傾心交談，「在我心中反覆地尋味思想」。

冰心的散文，語言俊逸清麗，色彩斑斕，詞彙豐富，由此篇可見一斑。這篇散文的文筆兼具白話文流利酣暢和文言文雅典凝練的長處，「縝密漂亮」，給人以美的享受。

寄小讀者·通訊七（一九二三年）

【題解】

　　本篇是冰心到達美國後寄回祖國的第一篇通訊，共分兩大部分，第一部分是於一九二三年八月二十日船泊日本神戶時所寫，記述乘約克遜號郵船離開上海，出吳淞口，過高麗界，到神戶近三日的航行觀感。第二部分是同年十月十四日在美國威爾斯利女子大學慰冰湖畔寫的，續完這篇通訊，抒發對母親和朋友的深情。

【文本】

親愛的小朋友：

　　八月十七的下午，約克遜號郵船無數的窗眼裡，飛出五色飄揚的紙帶，遠遠的拋到岸上，任憑送別的人牽住的時候，我的心是如何的飛揚而淒惻！

　　痴絕的無數的送別者，在最遠的江岸，僅僅牽着這終於斷絕的紙條

兒，放這龐然大物，載着最重的離愁，飄然西去！

船上生活，是如何的清新而活潑。除了三餐外，只是隨意遊戲散步。海上的頭三日，我竟完全回到小孩子的境地中去了，套圈子，拋沙袋，樂此不疲，過後又絕然不玩了。後來自己回想很奇怪，無他，海喚起了我童年的回憶，海波聲中，童心和遊伴都跳躍到我腦中來。我十分的恨這次舟中沒有幾個小孩子，使我童心來復的三天中，有無猜暢好的遊戲！

我自少住在海濱，卻沒有看見過海平如鏡。這次出了吳淞口，一天的航程，一望無際盡是粼粼的微波。涼風習習，舟如在冰上行。到過了高麗[1]界，海水竟似湖光。藍極綠極，凝成一片。斜陽的金光，長蛇般自天邊直接到闌旁人立處。上自穹蒼，下至船前的水，自淺紅至於深翠，幻成幾十色，一層層，一片片的漾開了來。……小朋友，恨我不能畫，文字竟是世界上最無用的東西，寫不出這空靈的妙景！

八月十八夜，正是雙星渡河之夕[2]。晚餐後獨倚闌旁，涼風吹衣。銀河一片星光，照到深黑的海上。遠遠聽得樓闌下人聲笑語，忽然感到家鄉漸遠。繁星閃爍着，海波吟嘯着，凝立悄然，只有惆悵。

十九日黃昏，已近神戶，兩岸青山，不時的有漁舟往來。日本的小山多半是圓扁的，大家說笑，便道是「饅頭山」。這饅頭山沿途點綴，直到夜裡，遠望燈光燦然，已抵神戶。船徐徐停住，便有許多人上岸去。我因太晚，只自己又到最高層上，初次看見這般璀璨的世界，天上微月的光，和星光，岸上的燈光，無聲相映。不時的還有一串光明從山上橫飛過，想是火車周行。……舟中寂然，今夜沒有海潮音，靜極心緒忽起：「倘若此時母親也在這裡……」。我極清晰的憶起北京來。小朋友，恕我，不能往下再寫了。

冰 心

一九二三年八月二十日，神戶。

朝陽下轉過一碧無際的草坡，穿過深林，已覺得湖上風來，湖波不是昨夜欲睡如醉的樣子了。——悄然的坐在湖岸上，伸開紙，拿起筆，抬起頭來，四圍紅葉中，四面水聲裡，我要開始寫信給我久違的小朋友。小朋友猜我的心情是怎樣的呢？

　　水面閃爍着點點的銀光，對岸意大利花園裡亭亭層列的松樹，都證明我已在萬里外。小朋友，到此已逾一月了，便是在日本也未曾寄過一字。說是對不起呢，我又不願！

　　我平時寫作，喜在人靜的時候。船上卻處處是公共的地方，艙面闌邊，人人可以來到。海景極好，心胸卻難得清平。我只能在晨間絕早，船面無人時，隨意寫幾個字，堆積至今，總不能整理，也不願草草整理，便遲延到了今日。我是尊重小朋友的，想小朋友也能尊重原諒我！

　　許多話不知從哪裡說起，而一聲聲打擊湖岸的微波，一層層的沒上雜立的潮石，直到我蔽膝的氈邊來，似乎要求我將她介紹給我的小朋友。小朋友，我真不知如何的形容介紹她！她現在橫在我的眼前。湖上的月明和落日，湖上的濃陰和微雨，我都見過了，真是儀態萬千。小朋友，我的親愛的人都不在這裡，便只有她——海的女兒，能慰安我了。Lake Waban，諧音會意，我便喚她做「慰冰」。每日黃昏的遊泛，舟輕如羽，水柔如不勝槳。岸上四圍的樹葉，綠的，紅的，黃的，白的，一叢一叢的倒影到水中來，覆蓋了半湖秋水。夕陽下極其艷冶，極其柔媚。將落的金光，到了樹梢，散在湖面。我在湖上光霧中，低低的囑咐它，帶我的愛和慰安，一同和它到遠東去。

　　小朋友！海上半月，湖上也過半月了，若問我愛哪一個更甚，這卻難說。——海好像我的母親，湖是我的朋友。我和海親近在童年，和湖親近是現在。海是深闊無際，不着一字，她的愛是神秘而偉大的，我對她的愛是歸心低首的。湖是紅葉綠枝，有許多襯托，她的愛是溫和嫵媚的，我

對她的愛是清淡相照的。這也許太抽象，然而我沒有別的話來形容了！

　　小朋友，兩月之別，你們自己寫了多少，母親懷中的樂趣，可以説來讓我聽聽麼？——這便算是沿途書信的小序。此後仍將那寫好的信，按序寄上，日月和地方，都因其舊；「弱遊」的我，如何自太平洋東岸的上海繞到大西洋東岸的波士頓來，這些信中説得很清楚，請在那裡看罷！

　　不知這幾百個字，何時方達到你們那裡，世界真是太大了！

冰　心

一九二三年十月十四日，慰冰湖畔，威爾斯利。

【注釋】

〔1〕　高麗：即今之朝鮮。朝鮮在十世紀的封建王朝號稱高麗國，曾統一朝鮮半島。

〔2〕　八月十八夜，正是雙星渡河之夕：夏曆七月初七日晚上，傳説中的牛郎星和織女星被玉帝允許渡過天河相聚。我國民間習俗以這一夜為「七夕」節。

【賞析】

　　第一部分按航行順序，記敘了海上頭三天生活。開篇描寫上海碼頭別緻的送別場面。接着敘寫因船上清新活潑的生活喚起童年的回憶，一時童年來歸。這一筆對小讀者來說，無疑會倍感親切的。再寫海上的絢麗景色和「七夕」雙星渡河的銀河星光引起她懷鄉的惆悵。接下來描寫神戶璀璨的夜景促使她忽起眷念母親的心緒。文章構思精巧，層層推

進，環環相扣。

第二部分的描寫別具情趣，把湖人格化，諧音會意，把 Lake Waban 喚着「慰冰」湖，將微波的沖擊湖石說成「似乎要求我將她介紹給我的小朋友」，然後順理成章，把湖上儀態萬千的景色向小讀者娓娓道來，並把海象徵的母愛和湖象徵的友情相互映襯。

作為通訊，它當然要向小朋友交代：信為什麼突然中斷，為什麼間隔許久才續寫；同時預告這樣的通訊以後將「按序寄上」。

這篇散文第一部分描摹海的空靈的妙景，第二部分勾畫湖的嫵媚的風光，兩部分有無聯繫呢？有的，「海好像我的母親，湖是我的朋友。我和海親近在童年，和湖親近是現在。海是深闊無際，不着一字，她的愛是神秘而偉大的，我對她的愛是歸心低首的。」湖有許多紅葉綠枝為襯托，「她的愛是溫和嫵媚的，我對她的愛是清淡相照的。」將海和湖統統擬人化，加以對比，表達頌揚母愛和友情的主題。正是這個主題將這兩個部分巧妙地聯繫了起來。

往事（二）之三

【題解】

冰心在美國留學期間，因病在青山沙穰療養長達七個月。青山沙穰的風景優美如畫，引發起她對青山的感言。冰心不但長於寫海，而且也善於寫山，此篇即是她對青山的描繪和思索，寫於一九二四年冬末初春之夜。

【文本】

今夜林中月下的青山，無可比擬！彷彿萬一，只能說是似娟娟的靜女，雖是照人的明艷，卻不飛揚妖冶[1]；是低眉垂袖，瓔珞[2]矜嚴[3]。

流動的光輝之中，一切都失了正色：松林是一片濃黑的，天空是瑩白的，無邊的雪地，竟是淺藍色的了。這三色襯成的宇宙，充滿了凝靜，超逸[4]與莊嚴；中間流溢着滿空幽哀的神意，一切言詞文字都喪失了，幾乎不容凝視，不容把握！

今夜的林中，決不宜於將軍夜獵 —— 那從騎雜沓[5]，傳叫風生，會

踏毀了這平整勻纖的雪地；朵朵的火燎，和生寒的鐵甲[6]，會繚亂了靜冷的月光。

今夜的林中，也不宜於燃枝野餐 —— 火光中的喧嘩歡笑，杯盤狼藉[7]，會驚起樹上穩棲的禽鳥；踏月歸去，數里相和的歌聲，會叫破了這如怨如慕的詩的世界。

今夜的林中，也不宜於愛友話別，叮嚀細語 —— 淒意已足，語音已微；而抑鬱纏綿，作繭自縛的情緒，總是太「人間的」了，對不上這晶瑩的雪月，空闊的山林。

今夜的林中，也不宜於高士[8]徘徊，美人掩映 —— 縱使林中月下，有佳句可尋，有佳音可賞，而一片光霧淒迷之中，只容意念迴旋，不容人物點綴。

我倚枕百般迴腸凝想，忽然一念迴轉，黯然神傷……

今夜的青山只宜於這些女孩子，這些病中倚枕看月的女孩子！

假如我能飛身月中下視，依山上下曲折的長廊，雪色侵圍闌外，月光浸着雪淨的衾裯[9]，逼着玲瓏的眉宇[10]。這一帶長廊之中：萬籟[11]俱絕，萬緣俱斷[12]，有如水的客愁，有如絲的鄉夢，有幽感，有徹悟，有祈禱，有懺悔，有萬千種話……

山中的千百日，山光松影重疊到千百回，世事從頭減去，感悟逐漸侵來，已濾就了水晶般清澈的襟懷。這時縱是頑石的鈍根，也要思量萬事，何況這些思深善懷的女子？

往者如觀流水 —— 月下的鄉魂旅思，或在羅馬故宮[13]，頹垣廢柱之旁；或在萬里長城，缺堞[14]斷階之上；或在約旦河[15]邊，或在麥加城[16]裡；或超渡萊茵河[17]，或飛越落璣山[18]；有多少魂銷目斷，是耶非耶？只她知道！

來者如仰高山 —— 久久的徘徊在困弱道途之上，也許明日，也許今

年，就揭卸病的細網，輕輕的試叩死的鐵門！

天國泥犁，任她幻擬：是泛入七寶蓮池〔19〕？是參謁白玉帝〔20〕座？是歡悅？是驚怯？有天上的重逢，有人間的留戀，有未成而可成的事功，而將實而仍虛的願望；豈但為我？牽及眾生，大哉生命！

這一切，融合着無限之生〔21〕一剎那頃，此時此地的，宇宙中流動的光輝，是幽憂，是徹悟，都已宛宛氤氳〔22〕，超凡入聖——

萬能的上帝，我誠何福？我又何幸？……

一九二四年二月三十日夜，沙穰。

（按：日期據《冰心全集》原文如此）

【注釋】

〔1〕　妖冶：艷麗。司馬相如《上林賦》：「妖冶嫺都。」一般都指艷麗而不莊重。歸有光《山茶詩》：「雖具富貴姿，而非妖冶容。」

〔2〕　瓔絡：一貫串珠玉而成的裝飾品，多用為項飾、胸飾。《南史‧林邑國傳》：「其王者着法服，加瓔絡，如佛像之飾。」

〔3〕　矜嚴：端莊而嚴肅。

〔4〕　超逸：超然物外的意思。

〔5〕　雜沓：眾多雜亂貌。

〔6〕　鐵甲：用鐵片製成的戰衣。

〔7〕　杯盤狼藉：形容宴飲將畢或已畢，桌上杯盤碗筷等亂七八糟地放着。

〔8〕　高士：謂志行高尚之士，舊多指隱士。

〔9〕　衾裯：衾，被子，床上的帳子。

〔10〕　眉宇：兩眉上方。

〔11〕　萬籟：指自然界發出的各種聲響。萬籟俱絕，形容周圍環境十分安靜。

〔12〕　萬緣俱斷：一切想頭、打算都沒有了。

〔13〕 羅馬故宮:羅馬,意大利國首都,在古代曾是古羅馬帝國的都城,城市和宮殿建築異常壯觀,後成為廢墟。

〔14〕 堞:城上的矮牆,亦作女牆。

〔15〕 約旦河:西南亞的內陸河,流經敘利亞、黎巴嫩等國,南流注入死海。

〔16〕 麥加城:在沙特阿拉伯西部,是伊斯蘭教創始人穆罕默德的誕生地,現在成為穆斯林的朝覲聖地。

〔17〕 萊茵河:歐洲大河之一,流經奧地利,法國、德國、荷蘭,注入北海。

〔18〕 落磯山:或譯為落基山,是北美洲貫穿加拿大與美國的大山脈,自北向南縱貫美國境內。

〔19〕 七寶蓮池:佛教經書中以金、銀、玻璃、瑪瑙為寶;蓮池即佛座。《晉書·天文志上》:「西方白帝,白招矩之神也。」

〔20〕 白玉帝:即白帝,神話傳說中的五天帝之一,指西方之神。

〔21〕 無限之生:參看冰心寫於一九二〇年九月四日的散文《「無限之生」的界限》,該文認為,「無限之生」就是天國,極樂世界;「生」和「死」不過都是「無限之生的界限」;萬全的愛,無限的結合,可以不分生死,創造天國和極樂世界。

〔22〕 氤氳:氣或光色溫和動盪貌。形容煙或氣很盛。

【賞析】

描摹海光山色的自然美,是冰心「愛的哲學」的重要組成部分。

海邊長大的冰心展示了山的魅力。這篇散文描了寫「今夜」、「林中」、「月下」的青山之美,如同冰心寫海時把海幻化為「海的女神」一樣,冰心筆下的青山也是娟秀嫻靜的女性的山,酷似一位「娟娟的靜女」,明艷照人,卻不飛揚妖冶。與這位靜女和諧一致的環境是由濃黑、瑩白、淺藍三種冷色襯成的宇宙,凝靜、超逸與莊嚴,表現出一種幾乎不

容凝視、不容把握的幽哀的神意。冰心在調色板上調出三種冷色，這既是林中月下青山雪地景致的真實寫照，也是遊子病中心緒的曲折反映。為了突出青山的靜美，冰心提出四個「不宜」，進一步強調這是一個寧靜的、脫俗的、詩的世界。

以上為寫景。接着冰心筆鋒一轉，提出「今夜的青山」只宜於「這些病中倚枕看月的女孩子」。毫無疑義，這些文靜孤單的女孩子最能領略青山的靜美，而青山的靜美又最易於觸發這些女孩子的情思。「思深善懷」的冰心置身萬籟俱絕、萬緣俱斷的林中月下青山，觸景生情，帶着「如水的客愁」，「如絲的鄉夢」，抒發自己對人生的思考。冰心以「往者如觀流水」，「來者如仰高山」，將過去與未來、生與死、現實與理想連結起來，她認為，凡此種種只要與「無限之生」一融合，便進入了「超凡入聖」的境界。冰心的思考富於哲理性，且帶有某些宗教意味，加上跳躍性大，天上、人間、地獄，中國、異域，倏忽多變，使得這篇散文的後一部分比較深奧難懂。

冰心寫景或抒情，筆端不時流露出一種企望回歸自然的避世思想。但她把山景寫得如此深幽，把情懷寫得如此超脫，確有陶冶人們情操，淨化人們情感的作用。這篇散文的寫作特點，最突出的是移情入景，由景生情，情景交融，造成一個出神入化的藝術境界。本篇語言相當典雅凝練，充分顯示作者提煉古文的功力。冰心用「低眉垂袖，瓔珞矜嚴」形容「靜女」，以「靜女」比喻青山，這種語言極具形象美。冰心用「濃黑」形容松林，「瑩白」形容天空，「淺藍」形容雪地，這種語言又具色彩美。冰心提出四個「不宜」，用的是四個排比句段，句式整飭，節奏諧和，這種語言頗具音樂美。

往事（二）之八

【題解】

　　本篇寫於一九二三年八月二十八日，其時，冰心正在約克遜號郵船上。冰心登輪赴美，已在太平洋上航行半月，數次瞥見燈塔，每次悄然微嘆而已，但在「今夜」的「濃霧」之中，忽見夾岸島山上燈塔的星光，不禁心馳神往，繼而執筆為文，熱情歌頌航海燈塔中的燃燈者。

　　冰心為什麼每見燈塔都悄然微嘆，為什麼在黑夜濃霧中瞥見燈塔星光會觸景生情？事非偶然。兩年前的一天，冰心曾鄭重地向父親要求去看守燈塔，她認為這是一種最偉大、最高尚，而又最有詩意的生活。她覺得「燈台守」是光明的使者，在漫漫長夜中能給航海者以警覺、慰安和導引。她深感這種工作有無上的光榮，只要能為人民服務，冰心願意做出各種犧牲；只要工作需要，冰心願意學習鳴槍放艇等燈台守所應有的本領。這充分表現了這位女作家崇高的人生理想和無私的奉獻精神。

【文本】

是除夜的酒後，在父親的書室裡。父親看書，我也坐近書几，已是久久的沉默——

我站起，雙手支頤，半倚在几上，我喚：「爹爹！」父親抬起頭來。「我想看守燈塔去。」

父親笑了一笑，說：「也好，整年整月的守着海——只是太冷寂一些。」說完仍看他的書。

我又說：「我不怕冷寂，真的，爹爹！」

父親放下書說：「真的便怎樣？」

這時我反無從說起了！我聳一聳肩，我說：「看燈塔是一種最偉大，最高尚，而又最有詩意的生活……」

父親點頭說：「這個自然！」他往後靠着椅背，是預備長談的姿勢。這時我們都感着興味了。

我仍舊站着，我說：「只要是一樣的為人羣服務，不是獨善其身；我們固然不必避世，而因着性之相近，我們也不必避『避世』！」

父親笑着點頭。

我接着：「避世而出家，是我所不屑做的，奈何以青年有為之身，受十方供養？」

父親只笑着。

我勇敢的說：「燈台守的別名，便是『光明的使者』。他拋離田里，犧牲了家人骨肉的團聚，一切種種世上耳目紛華的娛樂，來整年整月的對着渺茫無際的海天。除卻海上的飛鷗片帆，天上的雲湧風起，不能有新的接觸。除了駘蕩的海風，和島上崖旁轉青的小草，他不知春至。我拋卻『樂羣』，只知『敬業』……」

父親說：「和人羣大陸隔絕，是怎樣的一種犧牲，這情緒，我們航海人真是透徹中邊的了！」言次，他微嘆。

　　我連忙說：「否，這在我並不是犧牲！我晚上舉着火炬，登上天梯，我覺得有無上的倨傲與光榮。幾多好男子，輕侮別離，弄潮破浪，狃習了海上的腥風，驅使着如意的桅帆，自以為不可一世，而在狂飆濃霧，海水山立之頃，他們卻蹙眉低首，捧盤屏息，凝注着這一點高懸閃爍的光明！這一點是警覺，是慰安，是導引，然而這一點是由我燃着！」

　　父親沉靜的眼光中，似乎忽忽的起了回憶。

　　「晴明之日，海不揚波，我抱膝沙上，悠然看潮落星生。風雨之日，我倚窗觀濤，聽浪花怒撼崖石。我閉門讀書，以海洋為師，以星月為友，這一切都是不變與永久。」

　　「三五日一來的小艇上，我不斷的得着世外的消息，和家人朋友的書函；似暫離又似永別的景況，使我們永駐在『的的如水』的情誼之中。我可讀一切的新書籍，我可寫作，在文化上，我並不曾與世界隔絕。」

　　父親笑說：「燈塔生活，固然極其超脫，而你的幻象，也未免過於美麗。倘若病起來，海水拍天之間，你可怎麼辦？」

　　我也笑道：「這個容易 —— 一時慮不到這些！」

　　父親道：「病只關你一身，誤了燃燈，卻是關於眾生的光明……」

　　我連忙說：「所以我說這生活是偉大的！」

　　父親看我一笑，笑我詞支，說：「我知道你會登梯燃燈；但倘若有大風濃霧，觸石沉舟的事，你須鳴槍，你須放艇……」

　　我鄭重的說：「這一切，尤其是我所深愛的。為着自己，為着眾生，我都願學！」

　　父親無言，久久，笑道：「你若是男兒，是我的好兒子！」

　　我走近一步，說：「假如我要得這種位置，東南沿海一帶，爹爹總可

為力？」

父親看着我説：「或者……但你為何説得這般的鄭重？」

我肅然道：「我處心積慮已經三年了！」

父親斂容，沉思的撫着書角，半天，説：「我無有不贊成，我無有不為力。為着去國離家，吸受海上腥風的航海者，我忍心捨遣我唯一的弱女，到島山上點起光明。但是，唯一的條件，燈台守不要女孩子！」

我木然勉強一笑，退坐了下去。

又是久久的沉默——

父親站起來，慰安我似的：「清靜偉大，照射光明的生活，原不止燈台守，人生寬廣的很！」

我不言語。坐了一會，便掀開簾子出去。

弟弟們站在院子的四隅，燃着了小爆竹。彼此拋擲，歡呼聲中，偶然有一兩支擲到我身上來，我只笑避——實在沒有同他們追逐的心緒。

回到臥室，黑沉沉的歪在床上。除夕的夢縱使不靈驗，萬一能夢見，也是慰情聊勝無。我一念至誠的要入夢，幻想中畫出環境，暗灰色的波濤，巋然的白塔……

一夜寂然——奈何連個夢都不能做！

這是兩年前的事了，我自此後，禁絕思慮，又十年不見燈塔，我心不亂。

這半個月來，海上瞥見了六七次，過眼時只悄然微嘆。失望的心情，不願它再興起。而今夜濃霧中的獨立，我竟極奮迅的起了悲哀！

絲雨濛濛裡，我走上最高層，倚着船闌，忽然見天幕下，四塞的霧點之中，夾岸兩嶂淡墨畫成似的島山上，各有一點星光閃爍——

船身微微的左右欹斜，這兩點星光，也徐徐的在兩旁隱約起伏。光線穿過霧層，瑩然，燦然，直射到我的心上來，如招呼，如接引，我無

言，久——久，悲哀的心弦，開始策策而動！

　　有多少無情有恨之淚，趁今夜都向這兩點星光揮灑！憑吟嘯的海風，帶這兩年前已死的密願，直到塔前的光下——

　　從茲了結！拈得起，放得下，願不再為燈塔動心，也永不作燈塔的夢，無希望的永古不失望，不希冀那不可希冀的，永古無悲哀！

　　願上帝祝福這兩個塔中的燃燈者！——願上帝祝福有海水處，無數塔中的燃燈者！願海水向他長綠，願海山向他長青！願他們知道自己是這一隅島國上無冠的帝王，只對他們，我願致無上的頌揚與羨慕！

　　　　　　　　　　一九二三年八月二十八日，太平洋舟中。

【賞析】

　　這篇散文分為兩個部分，第一部分追敘兩年前的一段父女對話，女兒向父親表示「想看守燈塔去」的意向，而父親對女兒「無有不贊成」，「無有不為力」的理解、支持，從而把兩個人的形象突出地表現出來。第二部分主要是抒情，冰心當燈台守的理由因有關規定的限制而未能實現，冰心也就「禁絕思慮」。

　　這次航行海上，冰心數次看見燈塔，很自然地回憶起往事，但她面對現實，只是悄然微嘆而已。然而，在「今夜」的惡劣天氣中遠望導引航向的燈塔星光，平靜的心海上頓起波瀾，「悲哀的心弦，開始策策而動」，及至熱淚揮灑，動情如此。冰心決心讓自己做燈台守的夢「從茲了結」，以免為失望和悲哀所苦，「無希望的永古不失望，不希冀那不可希冀的，永古無悲哀！」並以衷心的敬意，向塔中的燃燈者「致無上的頌揚與羨慕」，

以此收束全文，表明冰心這一時期內的生活和創作態度雖一如既往，但已能冷靜對待理想與現實的矛盾，知其不可為而不為，知其可為而為之。第一部分是抒情的基礎，第二部分是記敘的昇華，兩個部分相互輔成。

山中雜記・說幾句愛海的孩氣的話

【題解】

　　冰心在寫《寄小讀者》過程中，專門寫了一篇副標題為「遙寄小朋友」的《山中雜記》，一共分十則，敘述她在療養院生活中的趣事，讀來頗有興味。本篇是第七則，是一九二四年冰心在美國沙穰療養院養病期間寫的。沙穰地處青山，那裡的風景如畫，空氣清新，是療養的好地方。

【文本】

　　白髮的老醫生對我說：「可喜你已大好了，城市與你不宜，今夏海濱之行，也是取消了為妙。」

　　這句話如同平地起了一個焦雷！

　　學問未必都在書本上。紐約、康橋、芝加哥這些人煙稠密的地方，終身不去也沒有什麼，只是說不許我到海邊去，這卻太使我傷心了。

　　我抬頭張目的說：「不，你沒有阻止我到海邊去的意思！」

他笑道：「是的，我不願意你到海邊去，太潮濕了，於你新癒的身體沒有好處。」

我們爭執了半點鐘，至終他說：「那麼你去一個禮拜罷！」他又笑說：「其實秋後的湖上，也夠你玩的了！」

我愛慰冰，無非也是海的關係。若完全的叫湖光代替了海色，我似乎不大甘心。

可憐，沙穰的六個多月，除了小小的流泉外，連慰冰都看不見！山也是可愛的，但和海比，的確比不起，我有我的理由！

人常常說：「海闊天空。」只有在海上的時候，才覺得天空闊遠到了盡量處。在山上的時候，走到岩壁中間，有時只見一線天光。即或是到了山頂，而因着天末是山，天與地的界線便起伏不平，不如水平線的齊整。

海是藍色灰色的。山是黃色綠色的。拿顏色來比，山也比海不過，藍色灰色含着莊嚴淡遠的意味，黃色綠色卻未免淺顯小方一些。固然我們常以黃色為至尊，皇帝的龍袍是黃色的，但皇帝稱為「天子」，天比皇帝還尊貴，而天卻是藍色的。

海是動的，山是靜的；海是活潑的，山是呆板的。畫長人靜的時候，天氣又熱，凝神望着青山，一片黑鬱鬱的連綿不動，如同病牛一般。而海呢，你看她沒有一刻靜止！從天邊微波粼粼的直捲到岸邊，觸着崖石，更欣然的濺躍了起來，開了燦然萬朵的銀花！

四圍是大海，與四圍是亂山，兩者相較，是如何滋味，看古詩便可知道。比如說海上山上看月出，古詩說：「南山塞天地，日月石上生。」細細咀嚼，這兩句形容亂山，形容得極好，而光景何等臃腫，崎嶇，僵冷，讀了不使人生快感。而「海上生明月，天涯共此時」，也是月出，光景卻何等嫵媚，遙遠，璀璨！

原也是的，海上沒有紅白紫黃的野花，沒有藍雀紅襟等等美麗的小

鳥。然而野花到秋冬之間，便都萎謝，反予人以凋落的淒涼。海上的朝霞晚霞，天上水裡反映到不止紅白紫黃這幾個顏色。這一片花，卻是四時不斷的。說到飛鳥，藍雀紅襟自然也可愛，而海上的沙鷗，白胸翠羽，輕盈的飄浮在浪花之上，「凌波微步，羅襪生塵」。看見藍雀紅襟，只使我聯憶到「山禽自喚名」，而見海鷗，卻使我聯憶到千古頌讚美人，頌讚到絕頂的句子，是「婉若游龍，翩若驚鴻」！

在海上又使人有透視的能力，這句話天然是真的！你倚闌俯視，你不由自主的要想起這萬頃碧琉璃之下，有什麼明珠，什麼珊瑚，什麼龍女，什麼鮫紗。在山上呢，很少使我想到山石黃泉以下，有什麼金銀銅鐵。因為海水透明，天然的有引人們思想往深裡去的趨向。

簡直愈説愈沒有完了，總而言之，統而言之，我以為海比山強得多。説句極端的話，假如我犯了天條，賜我自殺，我也願投海，不願墜崖！

爭論真有意思！我對於山和海的品評，小朋友們愈和我辯駁愈好。「人心之不同，各如其面」，這樣世界上才有個不同和變換。假如世界上的人都是一樣的臉，我必不願見人。假如天下人都是一樣的嗜好，穿衣服的顏色式樣都是一般的，則世界成了一個大學校，男女老幼都穿一樣的制服。想至此不但好笑，而且無味！再一説，如大家都愛海呢，大家都搬到海上去，我又不得清靜了！

【賞析】

冰心愛海，是人所共知的。本篇是第七則，主旨也是讚美大海的。讀了這篇散文，更使人感到她愛海已愛到了「偏頗」的地步。就像她文

章的標題所表明的:「說幾句愛海的孩氣的話。」童稚之語,總是率真偏激,「說句極端的話,假如我犯了天條,賜我自殺,我也願投海,不願墜崖」,真切地說出了她愛海的深情。古往今來,作家、詩人一往情深地讚美大海的博大精深,有的謳歌它的滔天巨浪,有的點染它那一片蔚藍,而冰心卻獨出心裁,以山和海來對比。比如說到海,是「海闊天空」,人們可以極目遠眺,心曠神怡;說到山,卻是「走到岩壁中間,有時只見一線天光」,難免使人產生一種壓抑感,這樣對比目的就是為了說明海要比山好。她憑藉着豐富的想像力,從各個角度進行對比,比氣魄、比色彩、比性格、比神韻、比意境,直比至人們透視能力下的遐思冥想,層層鋪陳,多方面的烘托,鮮明地映襯出海的闊大無邊,海的莊嚴淡雅的色調,海的歡愉活潑的性格,海的嫵媚遙遠,使海的壯闊、偉美的形象凸現出來。文章熔議論與抒情於一爐,處處在理,點點實情,字裡行間都洋溢着作者對大海深厚的情感,結尾富有對人生體察的情趣。

新年試筆

【題解】

本文寫於一九三三年末，這時國家正處於民族危機加深，國民經濟衰退，農村破產，百業凋敝的情況下。新年即將來臨，作者為《文學》的第二卷第一期撰寫表述心願的文章。

【文本】

新年試筆。

因為是「試」筆，所以要拿起筆來再說。

拿起筆來仍是無話可說；許多時候不說了，話也澀，筆也澀，連這時掃在窗上的枯枝也作出「澀——澀」的聲音。

我願有十萬斛[1]的泉水，湖水，海水，清涼的，碧綠的，蔚藍的，迎頭灑來，潑來，沖來，洗出一個新鮮，活潑的我。

這十萬斛的水，不但洗淨了我，也洗淨了宇宙間山川人物。——如同

太初洪水[2]之後，有隻雪白的鴿子，銜着嫩綠的葉子，在響晴的天空中飛翔。

大地上處處都是光明，看不見一絲雲影。山上沒有一棵被吹斷的樹，沒有一片焦黃的葉；一眼望去是參天的松柏，樹下隨意的亂生着紫羅蘭，雛菊，蒲公英。松徑中，石縫中，飛濺着急流的泉水。

江河裡也看不見黃泥，也不飄浮着爛紙和瓜皮；只有朝靄下的輕煙，濛濛的籠罩着這浩浩的流水。江河兩旁是沃野千里，阡陌縱橫，整齊的灰瓦的農舍，家家開着後窗，男耕女織，歌聲相聞。

城市像個花園，大樹的濃蔭護着雜花。整潔的道路上，看不見一個狂的男人，妖的女人，和污穢的孩子。上學的，上工的，個個挺着胸走，容光煥發，用着掩不住的微笑，互相招呼，似乎人人都彼此認識。

黃昏時從一座一座的建築物裡，湧出無數老的，少的，村的，俏的人來。一天結實的有成績的工作，在他們臉上，映射出無限的快慰和滿足。回家去，家家溫暖的燈光下，有着可口的晚餐，親愛的談話。

藍天隱去，星光漸生，孩子們都已在溫軟的床上，大開的窗戶之下，在夢中向天微笑。

而在書室裡，廊上，花下，水邊都有一對或一對以上的人兒，在低低的或興高采烈的談着他們的過去，現在，將來所留戀，計劃，企望的一切。

平凡人的筆下，只能抽出這平凡的希望。

然而這平凡的希望——

洪水，這迎頭沖來的十萬斛的洪水，何時才來到呢？

（本篇最初發表於一九三四年一月一日《文學》第二卷第一期）

【注釋】

〔1〕　斛：量器名，亦容量單位。古代以十斗為一斛，南宋末年改為
　　　　五斗。
〔2〕　太初洪水：這是《聖經》中的故事，天地萬物造出來後，洪水泛濫
　　　　四十日。洪水退後，挪亞把鴿子從方舟放出去，晚上鴿子嘴裡叼着
　　　　一片新擰下來的橄欖葉子。

【賞析】

　　文章的前半部寫得很有氣勢，連續用三個重疊的詞彙：「泉水，湖
水，海水」；「清涼的，碧綠的，蔚藍的」；「灑來，潑來，沖來」，洗出一
個新鮮、活潑的我，洗淨宇宙間山川人物，奏出了呼喚變革的強音，也定
下了全文的基調。緊接着節奏從激昂轉為舒緩，細膩地描繪洪水沖刷後的
新天新地：山上、江河、城市、農村洋溢着光明、歡樂。絢麗如畫，醇美
如詩。但是，這理想的境界，在當時的社會條件下，只能是一種美好的願
望，未知何時才能實現，只能期待着。

　　作品在表現手法上採用波浪式的結構，無論是文字還是內在的情感脈
搏，都是從波谷到波峯，又回到波谷的歷程，蕩氣迴腸，難以忘懷。

一日的春光

【題解】

　　詠春是古今中外作家都喜愛的主題，但各人的側重點不同，有頌春、怨春、惜春，在那些文章裡，可以看到春光明媚，春意喧鬧，春光怒放，春草叢生，春水漣漪，柳絲飄拂，等等。本篇的「春光」卻是通過「淺淺的紅」海棠帶到我們中間。

【文本】

　　去年冬末，我給一位遠方的朋友寫信，曾說：「我要盡量的吞嚥今年北平的春天。」

　　今年北平的春天來的特別的晚，而且在還不知春在哪裡的時候，抬頭忽見黃塵中綠葉成蔭，柳絮亂飛，才曉得在厚厚的塵沙黃幕之後，春還未曾露面，已悄悄的遠引了。

　　天下事都是如此 ——

去年冬天是特別的冷，也顯得特別的長。每天夜裡，燈下孤坐，聽着撲窗怒號的朔風，小樓震動，覺得身上心裡，都沒有一絲暖氣，一冬來，一切的快樂，活潑，力量，生命，似乎都凍得蜷伏在每一個細胞的深處。我無聊地慰安自己說，「等着罷，冬天來了，春天還能很遠麼？」

然而這狂風，大雪，冬天的行列，排得意外的長，似乎沒有完盡的時候。有一天看見湖上冰軟了，我的心頓然歡喜，說，「春天來了！」當天夜裡，北風又捲起漫天匝地的黃沙，忿怒的撲着我的窗戶，把我心中的春意，又吹得四散。有一天看見柳梢嫩黃了，那天的下午，又不住的下着不成雪的冷雨，黃昏時節，嚴冬的衣服，又披上了身。有一天看見院裡的桃花開了，這天剛剛過午，從東南的天邊，頃刻佈滿了慘暗的黃雲，跟着千枝風動，這剛放蕊的春英，又都埋罩在漠漠的黃塵裡……

九十天看看過盡——我不信了春天！

幾位朋友說，「到大覺寺[1]看杏花去罷。」雖然我的心中，始終未曾得到春的消息，卻也跟着大家去了。到了管家嶺，撲面的風塵裡，幾百棵杏樹枝頭，一望已盡是殘花敗蕊；轉到大工，向陽的山谷之中，還有幾株盛開的紅杏，然而盛開中氣力已盡，不是那滿樹濃紅，花蕊相間的情態了。

我想，「春去了就去了罷！」歸途中心裡倒也坦然，這坦然中是三分悼惜，七分憎嫌，總之，我不信了春天。

四月三十日的下午，有位朋友約我到掛甲屯吳家花園去看海棠，「且喜天氣晴明」——現在回想起來，那天是九十春光中唯一的春天——海棠花又是我所深愛的，就欣然的答應了。

東坡恨海棠無香，我卻以為若是香得不妙，寧可無香。我的院裡栽了幾棵丁香和珍珠梅，夏天還有玉簪，秋天還有菊花，栽後都很後悔。因

為這些花香，都使我頭痛，不能折來養在屋裡。所以有香的花中，我只愛蘭花，桂花，香豆花和玫瑰，無香的花中，海棠要算我最喜歡的了。

海棠是淺淺的紅，紅得「樂而不淫」，淡淡的白，白得「哀而不傷」，又有滿樹的綠葉掩映着，穠纖適中，像一個天真，健美，歡悅的少女，同是造物者最得意的作品。

斜陽裡，我正對着那幾樹繁花坐下。

春在眼前了！

這四棵海棠在懷馨堂前，北邊的那兩棵較大，高出堂檐約五六尺。花後是響晴蔚藍的天，淡淡的半圓的月，遙俯樹梢。這四棵樹上，有千千萬萬玲瓏嬌艷的花朵，亂烘烘的在繁枝上擠着開……

看見過幼稚園放學沒有？從小小的門裡，擠着的跳出湧出使人眼花繚亂的一大羣的快樂，活潑，力量，和生命；這一大羣跳着湧着的分散在極大的周圍，在生的季候裡做成了永遠的春天！

那在海棠枝上賣力的春，使我當時有同樣的感覺。

一春來對於春的憎嫌，這時都消失了，喜悅的仰首，眼前是爛漫的春，驕奢的春，光艷的春，——似乎春在九十日來無數的徘徊瞻顧，百就千攔，只為的是今日在此樹枝頭，快意恣情的一放！

看得恰到好處，便辭謝了主人回來。這春天吞嚥得口有餘香！過了三四天，又有友人來約同去，我卻回絕了。今年到處尋春，總是太晚，我知道那時若去，已是「落紅萬點愁如海」，春來蕭索如斯，大不必去惹那如海的愁緒。

雖然九十天中，只有一日的春光，而對於春天，似乎已得了報復，不再怨恨憎嫌了。只是滿意之餘，還覺得有些遺憾，如同小孩子打架後相尋，大家忍不住回嗔作喜，卻又不肯即時言歸於好，只背着臉，低着頭，

撅着嘴説，「早知道你又來哄我找我，當初又何必把我冰在那裡呢？」

一九三六年五月八日夜，北平。

【注釋】

〔1〕　大覺寺：在北京西北郊羣山的台山上，創建於遼代咸雍四年（一〇六八年）。不僅建築宏偉，而且風景瑰麗，歷來是北京的遊覽勝地。寺內有數百年的玉蘭花，八百多年的銀杏樹、竹林。還有建寺之年所立的遼碑。

【賞析】

　　《一日的春光》在藝術構思上相當別緻，一開首就點明「要盡量的吞嚥今年北平的春天」，這「吞嚥」二字用得多麼奇特。按常規應是鋪寫春天的景致，但作者筆鋒一轉，說是今年「春天來的特別的晚……在厚厚的塵沙黃幕之後，春還未曾露面，已悄悄的遠引了。」緊接着又進一步展開，抒寫嚴冬中的熱切的期待：「等着罷，冬天來了，春天還能很遠麼？」可是春天來了，又接連不斷地被「漫天匝地的黃沙」、「不成雪的冷雨」、「慘暗的黃雲」，把春意吹散，「春英」「埋罩」了。在一次次失意之後，跟着友人去尋春，杏樹枝頭盡是殘花敗蕊。這一系列的抒寫，都是為了給一日的春光作鋪墊。

　　運用這種反襯的藝術手法，使後面要着力表現的九十日春光中唯一的春天 —— 吳家花園的海棠顯得更加珍貴。

海棠，在春天的羣芳中，素以嬌美著稱，被譽為「花中神仙」。作者沒有正面描述海棠的嬌嬈，卻寫「東坡恨海棠無香」，繼而描繪海棠的顏色和繁密。筆墨極經濟，卻烘托出春的燦爛、春的光艷。

通過形象的轉移，由「千千萬萬玲瓏嬌艷的花朵」，聯想到幼稚園的孩子，點明一日的春光，帶來的是快樂、活潑、力量、生命。

文章首尾呼應，「春天吞嚥得口有餘香」。結語以擬人化手法，頗有風趣。

【題解】

抗日戰爭時期，日本侵略軍佔領了北平，作者全家撤退到大後方，住在雲南省呈貢縣的華氏墓廬裡，以墓廬的諧音默廬作為她住屋的名字。本文就是住在華氏墓廬時寫的，故題為《默廬試筆》。

本篇生動地描述了作者在抗戰初期的一段心靈的歷程，表現出對故都北平的一往情深，洋溢着濃烈的愛國主義激情。

【文本】

一

我為什麼潛意識的苦戀着北平？我現在真不必苦戀着北平，呈貢[1]山居的環境，實在比我北平西郊的住處，還靜，還美。我的寓樓，前廊朝東，正對着城牆，雉堞蜿蜒，松影深青，霽天空闊。最好是在廊上看風

雨，從天邊幾陣白煙，白霧，雨腳如繩，斜飛着直灑到樓前，越過遠山，越過近塔，在瓦檐上散落出錯落清脆的繁音。還有清晨黃昏看月出，日上，晚霞，朝靄，變幻萬端，莫可名狀，使人每一早晚，都有新的企望，新的喜悦。下樓出門轉向東北，松林下參差的長着荇菜，菜穗正紅，而紅穗顏色，又分深淺，在灰牆，黃土，綠樹之間，帶映得十分悦目。出荊門北上斜坡，便到川台寺東首，栗樹成林，林外隱見湖影和山光，林間有一片廣場，這時已在城牆之上，登牆，外望，高崗起伏，遠村隱約。我最愛早起在林中攜書獨坐，淡雲來往，秋陽暖背，爽風拂面，這裡清極靜極，絕無人跡，只兩個小女兒，穿着橘黃水紅的絨衣，在廣場上遊戲奔走，使眼前宇宙，顯得十分流動，鮮明。

我的寓樓，後窗朝西，書案便設在窗下，只在窗下，呈貢八景，已可見其三，北望是「鳳嶺松巒」，前望是「海潮夕照」，南望是「漁浦星燈」。窗前景物在第一段已經描寫過，一百二十夜之中，變化無窮，使人忘倦。出門南向，出正面荊門，西邊是昆明西山。北邊山上是三台寺。走到山坡盡處，有個平台，松柏叢繞，上有石礅和石塊，可以坐立。登此下望，可見城內居舍，在樹影中，錯落參差。南望城外又可見三景，是龍街子山上之「龍山花塢」，羅藏山之「梁峯兆雨」；和城南印心亭下之「河洲月渚」。其餘兩景是白龍潭之「彩洞亭魚」，和黑龍潭之「碧潭異石」，這兩景非走到潭邊是看不見的，所以我對於默廬周圍的眼界，覺得爽然沒有遺憾。

平台上的石礅上，客來常在那邊坐地，四顧風景全收。年輕些的朋友來，就歡喜在台前松柏蔭下的草坡上，縱橫坐臥，不到飯時，不肯進來。平台上四無屏障，山風稍勁。入秋以來，我獨在時，常走出後門北上，到寺側林中，一來較靜，二來較暖。

回溯生平郊外的住宅，無論是長居短居，恐怕是默廬最愜心意。國

外的如伍島（Five Islands）白嶺（White Mountains）山水不能兩全，而且都是異國風光，沒有親切的意味。國內如山東之芝罘，如北平之海甸，芝罘山太高，海太深，自己那時也太小，時常迷茫消失於曠大寥闊之中，覺得一身是客，是奴，淒然惟怵，不能自主。海甸樓窗，只能看見西山，玉泉山塔，和西苑兵營整齊的灰瓦，以及頤和園內之排雲殿和佛香閣。湖水是被圍牆全遮，不能望見。論山之青翠，湖之漣漪，風物之醇永親切，沒有一處趕得上默廬。我已經說過，這裡整個是一首華茨華斯[2]的詩！

二

在這裡住得妥帖，快樂，安穩，而舊友來到，欣賞默廬之外，談鋒又往往引到北平。

人家說想北平大覺寺的杏花，香山的紅葉，我說我也想；人家說想北平的筆墨箋紙，我說我也想；人家說想北平的故宮北海，我說我也想；人家說想北平的燒鴨子涮羊肉，我說我也想；人家說想北平的火神廟隆福寺，我說我也想；人家說想北平的糖葫蘆，炒栗子，我說我也想。而在談話之時，我的心靈時刻的在自警說：「不，你不能想，你是不能回去的，除非有那樣的一天！」

我口說在想，心裡不想，但看我離開北平以後，從未夢見過北平，足見我控制得相當之決絕——

而且我試筆之頃，意馬奔馳，在我自己驚覺之先，我已在紙上寫出我是在苦戀着北平。

我如今鎮靜下來，細細分析：我的一生，至今日止在北平居住的時光，佔了一生之半，從十一二歲，到三十幾歲，這二十年是生平最關鍵，最難忘的發育，模塑的年光，印象最深，情感最濃，關係最切。一提到北

平，後面立刻湧現了一副一副的面龐，一幅一幅的圖畫：我死去的母親，健在的父親，弟，侄，師，友，車夫，傭人，報童，店夥……剪子巷的庭院，佟府堂前的玫瑰，天安門的華表，「五四」的遊行，「九一八」黃昏時的賣報聲，「國難至矣」的大標題……我思潮奔放，眼前的圖畫和人面，也突兀變換，不可制止，最後我看見了景山最高頂，「明思宗殉國處」的方亭闌杆上，有燈彩紮成的六個大字，是「慶祝徐州陷落！」

北平死去了！我至愛苦戀的北平，在不掙扎不抵抗之後，斷續呻吟了幾聲，便憊然死去了！

二十六年七月二十八早晨，十六架日機，在曉光熹微中悠悠的低飛而來；投了三十二顆炸彈，只炸得西苑一座空營。——但這一聲巨響，震得一切都變了色。海甸被砍死了九個警察，第二天警察都換了黑色的制服，因為穿黃制服的人，都當做了散兵，游擊隊，有砍死刺死的危險。

四野的炮聲槍聲，由繁而稀，由近而遠，聲音也死去了！

五光十色的旗幟都高高的懸起了：日本旗，意大利旗，美國旗，英國旗，黃卐字旗，紅十字旗……只看不見了青天白日旗。

西直門樓上，深黃色軍服的日兵，箕踞在雉堞上，倚着槍，咧着厚厚的嘴唇，露着不整齊的牙齒，下視狂笑。

街道上死一般的靜寂，只三三兩兩襤褸趑趄[3]的人，在仰首圍讀着「香月入城司令」的通告。

晴空下的天安門，飽看過千萬青年搖旗吶喊，高呼「打倒日本帝國主義」的，如今只鎮定的在看着一隊一隊零落的中小學生的行列，拖着太陽旗，五色旗，紅着眼，低着頭，來「慶祝」保定陷落，南京陷落……後面有日本的機關槍隊緊緊地監視跟隨着。

日本的遊歷團一船一船一車一車的從神戶橫濱運來，掛着旗號的大汽車，在景山路東長安街橫衝直撞的飛走。東興樓，東來順掛起日文的招

牌，歡迎遠客。

故宮北海頤和園看不見一個穿長褂和西服的中國人，只聽見橐橐的軍靴聲，木屐聲。穿長褂和西服的中國人都羞的藏起了，恨的溜走了。

街市忽然繁榮起來了，尤其是米市大街，王府井大街，店面上安起木門，掛上布簾，無線電機在廣播着友邦的音樂。

我想起東京神戶，想起大連瀋陽……北平也跟着大連瀋陽死去了，一個女神王后般美麗尊嚴的城市，在蹂躪侮辱之下，憫然地死去了。

我恨了這美麗尊嚴的皮囊，軀殼！我走，我回顧這尊嚴美麗，瞠目瞪視的皮囊，沒有一星留戀。在那高山叢林中，我仰首看到了一面飄揚的旗幟，我站在旗影下，我走，我要走到天之涯，地之角，抖拂身上的怨塵恨土，深深的呼吸一下興奮新鮮的朝氣；我再走，我要掮着這方旗幟，來招集一星星的尊嚴美麗的靈魂，殺入那美麗尊嚴的軀殼！

（本篇最初發表於香港《大公報》一九四〇年二月二十八日）

【 注 釋 】

〔1〕　呈貢：縣名，在雲南省昆明市東南部。
〔2〕　華茨華斯：英國詩人。正式譯名為華茲華斯，一譯渥茲渥斯。一七七〇年四月七日生於北部某小城一個律師家庭。他的詩歌創作在英國文學史上開創了一個新時代，即浪漫主義時代。一八四三年被封為「英國桂冠詩人」。一八五〇年四月二十三日去世。
〔3〕　趑趄：行走困難，不能向前行進。亦作次且。且前且卻，猶豫不進。

【賞析】

　　冰心對北平潛意識的苦戀，並非是呈貢的山居環境比北平西郊差，恰恰相反，靜美、愜意的默廬比北平西郊的住處有過之而無不及，但她卻仍然懷念着北平，她對北平的深情，完全出於她對祖國、同胞的懷念。在敵人的鐵蹄蹂躪下，北平的淒慘、悲涼的景象，令她心碎，令她憤激。作者的思緒由戀急劇地變為恨。這「恨」又深一層地反映出愛的誠摯，戀的深沉。最後，她決心一定要收復這座「女神王后般美麗尊嚴的城市」，把全篇推向高潮。

　　全文寫真景，抒真情，在低迴傾訴中交織着雄健的豪氣，流露出堅韌的心志，強烈地扣擊讀者的心弦。

再寄小讀者

【題解】

　　這是抗日戰爭時期，冰心繼著名的《寄小讀者》發表二十年之後，重新與小讀者作長時間交流的一組通訊。她說：「在這兩次通訊中間，我又以活躍的童心，走了一大段充滿了色、光、熱的生命的旅途⋯⋯這二十年的生命中雖沒有什麼巨驚大險，極痛狂歡，而在我小小的心靈裡，也有過曉晴般的怡悅，暮煙般的悵惘，中宵梵唱般的感語，清晨鼓角般的奮興。」（《再寄小讀者·通訊一》）她願將許多事實、許多心緒向小讀者陳述。

　　本書選的通訊二和四，分別談「友誼」和「生命」，這是兩個抽象的問題。作者避開概念的議論，而採用渲染和象徵的表現手法來闡明議題。

【通訊二（一九四二年）文本】

小朋友：

今天讓我們來談「友誼」。

友誼是人我關係中最可寶貴的一段因緣 —— 朋友雖列於五倫[1]之末，而朋友的範圍卻包括得最廣，你的君，臣，（現在可以說是領袖，上司）父，子，兄，弟，夫，婦，同時都可以是你的朋友。

朋友是不分國籍，不限年齡，不拘性別的；只要理想相同，興趣相近，情感相洽，意氣相投的人，都可以很堅固的聯結在一起。世界上有多少崇高理想的實現，艱巨事業的創立，偉大藝術的產生，都是一班志同道合的朋友，共同努力，相互切磋的結果。這種例子，在中外古今的歷史上，是到處可以找到的。

同時，不但相似相同的人格，容易成為朋友，而朋友往往還是你空虛的填滿，缺憾的補足，心靈的加深 —— 你自己率直豪爽，你更佩服你朋友的謙退深沉；你自己熱情好動，你更欣賞你朋友的沖淡靜默；你自己多愁善病，你更羨慕你朋友的健碩歡欣。各種不同的人格，如同琴瑟上不同的弦子，和諧合奏，就能發出天樂般悅耳的共鳴。

交友是一種藝術。

熱情，活潑，而富於同情心的人，常常能吸引許多朋友，而磁石只吸引着鋼鐵，月亮只吸引着海潮。

你能擇友，則你的朋友將加倍的寶貴你的友情。

不要只想你能從朋友那裡得到什麼，也要想你的朋友能從你這裡得到什麼。

肯耕種的才有收穫，能貢獻的才配接受。

友誼是寧神藥，是興奮劑。

使你墮落，消沉的，不是你的好朋友。同時也要警惕，你是否在使

你的朋友奮興，向上？

友誼是大海中的燈塔，沙漠裡的綠洲。

當你的心帆飄流於「理」、「慾」的三叉江口，波濤洶湧，礁石嶙峋，你要尋望你朋友的一點隱射的靈光，來照臨，來指引。當你顛頓在人生枯燥炎熱的旅途上，你的辛勞，你的擔負，得不到一些酬報和支持的時候，你要奔憩在你朋友的亭亭綠蔭之下，就飲於蕩滌煩穢的甘泉。

古人有句話：「最難風雨故人來」，—— 不但氣候上有風雨，心靈上也有風雨！

你的心靈曾否走失於空山荒野之中，風吹雨打，四顧茫茫，忽然有你的朋友，開啟了「同情」的柴扉，延請你進入他「愛」的茅廬，卸去你勞苦的蓑衣，拭去你臉上的淚雨，而把你推坐在「友情」的溫暖爐火之前。

同時你也常常開着同情的心門，生起友愛的爐火，在屋前瞭望。

友誼中只有快樂，只有慰安，只有奮興，只有連結。

友誼中雖然也有痛苦，古人的詩文中，不少傷逝惜別之句，然而友誼是不死的，友誼是不因離別而斷隔的。「海內存知己，天涯若比鄰」，「得一知己，可以無恨」，這痛苦裡是沒有「寂寞」的，因為我們已經享有了那些朋友的友情！「寂寞」—— 心靈上的孤獨，才是世界上最可怕的東西！

小朋友，在人生路上，我們雖然是孤身啟程，而沿途卻逐漸加入了許多同行的好伴，形成了一個整齊的隊伍，並肩攜手，載欣載奔，使我們克服了世路的險峻崎嶇，忘卻了長行的疲乏勞頓，我們要如何感謝人世間有這一種關係，這一段因緣？

願你們永遠是我的好朋友，假如我配，就請你們也讓我做你們的好朋友。

冰 心

一九四二年十二月二十二日，重慶。

【注釋】

〔1〕　五倫：我國封建時代稱鞏固封建秩序的五種倫理關係，即君臣、父
　　　　子、兄弟、夫婦、朋友。

【通訊四（一九四四年）文本】

親愛的小朋友：

　　一位從軍的小朋友，要我談生命，這問題很費我思索。

　　我不敢說生命是什麼，我只能說生命像什麼。

　　生命像向東流的一江春水，它從最高處發源，冰雪是它的前身。它
聚集起許多細流，合成一股有力的洪濤，向下奔注，它曲折的穿過了懸岩
削壁，沖倒了層沙積土，挾捲着滾滾的沙石，快樂勇敢的流走，一路上它
享樂着它所遭遇的一切——

　　有時候它遇到巉岩前阻，它憤激的奔騰了起來，怒吼着，迴旋着，
前波後浪的起伏催逼，直到它湧過了，沖倒了這危崖，它才心平氣和的一
瀉千里。

　　有時候它經過了細細的平沙，斜陽芳草裡，看見了夾岸紅艷的桃
花，它快樂而又羞怯，靜靜地流着，低低地吟唱着，輕輕的度過這一段浪
漫的行程。

　　有時候它遇到暴風雨，這激電，這迅雷，使它心魂驚駭，疾風吹捲
起它，大雨擊打着它，它暫時渾濁了，擾亂了，而雨過天晴，只加給它許
多新生的力量。

　　有時候它遇到了晚霞和新月，向它照耀，向它投影，清冷中帶些幽

幽的溫暖：這時它只想憩息，只想睡眠，而那股前進的力量，仍催逼着它向前走……

終於有一天，它遠遠地望見了大海，呵！它已到了行程的終結，這大海，使它屏息，使它低頭。她多麼遼闊，多麼偉大！多麼光明，又多麼黑暗！大海莊嚴的伸出臂兒來接引它。它一聲不響的流入她的懷裡。它消融了，歸化了，說不上快樂，也沒有悲哀！

也許有一天，它再從海上蓬蓬的雨點中升起，飛向西來，再形成一道江流，再沖倒兩旁的石壁，再來尋夾岸的桃花。

然而我不敢說來生，也不敢信來生！

生命又像一棵小樹，它從地底裡聚集起許多生力，在冰雪下欠伸，在早春潤濕的泥土中，勇敢快樂的破殼出來。它也許長在平原上，岩石中，城牆裡，只要它抬頭看見了天，呵，看見了天！它便伸出嫩葉來吸收空氣，承受日光，在雨中吟唱，在風中跳舞。它也許受着大樹的蔭遮，也許受着大樹的覆壓，而它青春生長的力量，終使它穿枝拂葉的掙脫了出來，在烈日下挺立抬頭！

它過着驕奢的春天，它也許開出滿樹的繁花，蜂蝶圍繞着它飄翔喧鬧，小鳥在它枝頭欣賞唱歌，它會聽見黃鶯清吟，杜鵑啼血，也許還聽見梟鳥的怪噪。

它長到最茂盛的中年，它伸展出它如蓋的濃蔭，來蔭庇樹下的幽花芳草，它結出纍纍的果實，來呈現大地無盡的甜美與芳馨。

秋風起了，將它的葉子，由濃綠吹到緋紅，秋陽下，它再有一番的莊嚴燦爛，不是開花的驕傲，也不是結果的快樂，而是成功後的寧靜的怡悅！

終於有一天，冬天的朔風，把它的黃葉乾枝，捲落吹抖，它無力的在空中旋舞，在根下呻吟。大地莊嚴的伸出手兒來接引它，它一聲不響的落在她的懷裡。它消融了，歸化了，它說不上快樂，也沒有悲哀！

也許有一天，它再從地下的果仁中，破裂了出來，又長成一棵小樹，再穿過叢莽的嚴遮，再來聽黃鶯的歌唱。

然而我不敢說來生，也不敢信來生。

宇宙是一個大生命，我們是宇宙大氣中之一息。江流入海，葉落歸根，我們是大生命中之一葉，大生命中之一滴。

在宇宙的大生命中，我們是多麼卑微，多麼渺小，而一滴一葉，也有它自己的使命！

要知道：生命的象徵是活動，是生長，一滴一葉的活動生長，合成了整個宇宙的進化運行。

要記住：不是每一道江流都能入海，不流動的便成了死湖；不是每一粒種子都能成樹，不生長的便成了空殼！

生命中不是永遠快樂，也不是永遠痛苦，快樂和痛苦是相生相成的。等於水道要經過不同的兩岸，樹木要經過常變的四時。

在快樂中我們要感謝生命，在痛苦中我們也要感謝生命。快樂固然興奮，苦痛又何嘗不美麗？我曾讀到一個警句，是：「願你生命中有夠多的雲翳，來造成一個美麗的黃昏。」（May there be enough clouds in your life to make a beautiful sunset.）

世界，國家和個人生命中的雲翳，沒有比今天再多的了。

小朋友，我們願不願意有一個成功後快樂的回憶，就是這位詩人所謂之「美麗的黃昏」？

祝福你的朋友　冰心

一九四四年十二月一日，雨夜，歌樂山。

【賞析】

通訊二，作者以豐富的想像，深切的體驗，對友誼作多角度的描寫，以大自然的種種景象來形容友誼在人生的不同際遇中的作用，鮮明、形象的比喻，使主旨更加突出。特別是用許多排比的句式，加強了藝術效果。其中還穿插了一些富有哲理意味的短句，彷彿格言，令讀者永誌不忘，而這些警語，又是作者從自身的生活體驗中創造出來的，新穎、別緻。

一個議論的題目，沒有用玄妙的理論，闡述友誼的價值，也沒有直接告訴讀者，交友要真誠、坦白，要推心置腹，患難與共。這一切都在一幅幅優美的畫面中領略了，這就是文章成功的奧秘。

通訊四的表現手法又略為不同，她選擇了東流的一江春水和一棵小樹，作為生命的象徵。藉着這兩個具體的形象，以及它們內在的特質，來表現作者的思想和感情。

作者敏慧地捕捉自然界四時變化中激烈、絢麗、幽清的景象，抒發自己對人生的追求，對生命的意義和價值的理解，對世界、國家光明前景的信念，造成一種既雄渾又清雅的色調，不僅給人以美的感受，而且給人以奮發向前的力量。

丟不掉的珍寶

【題解】

　　冰心和丈夫吳文藻都在燕京大學執教，多年來，他們收集了許多善本書籍、名貴字畫。「七七」蘆溝橋事變後，他們準備到抗戰大後方，對這些「珍寶」既捨不得處理，又捨不得讓它們跟自己一道疏散冒險，所以決定把它們裝箱，一共十五隻大木箱，其中除了名貴的字畫和書籍，還有他們的通信、日記等等。後來這些「珍寶」寄存在燕京大學的教室樓上，可是抗戰勝利後，當他們回到北平時，一切「珍寶」都喪失了！這篇文章記述了這件事情的前前後後，以及她痛失「珍寶」的感慨。文章寫於日本東京。

【文本】

　　文藻[1]從外面笑嘻嘻的回來，脅下夾着一大厚冊的《中國名畫集》。是他剛從舊書舖裡買的，花了六百日圓！

看他在燈下反覆翻閱賞玩的樣子，我沒有出聲，只坐在書齋的一角，靜默的凝視着他。沒有記性的可愛的讀書人，他忘掉了他的傷心故事了！

我們兩個人都喜歡買書，尤其是文藻。在他做學生時代，在美國，常常在一月之末，他的用費便因着恣意買書而枯竭了。他總是歡歡喜喜地以麵包和冷水充飢，他覺得精神食糧比物質的食糧還要緊。在我們做朋友的時代，他贈送給我的，不是香花糖果或其他的珍品，乃是各種的善本書籍，文學的，哲學的，藝術的不朽的傑作。

我們結婚以後，小小的新房子裡，客廳和書齋，真是「滿壁琳琅」。牆上也都是相當名貴的字畫。

十年以後，書籍愈來愈多了，自己買的，朋友送的，平均每月總有十本左右，雜誌和各種學術刊物還不在內。我們客廳內，半圓雕花的紅木桌上的新書，差不多每星期便換過一次。朋友和學生們來的時候，總是先跑到這半圓桌前面，站立翻閱。

同時，十年之中我們也旅行了不少地方，照了許多有藝術性的相片，買了許多古董名畫，以及其他紀念品。我們在自己和朋友們讚嘆賞玩之後，便珍重的將這些珍貴的東西，擇起掛起或是收起。

民國二十六年六月二十九日，我們從歐洲，由西伯利亞鐵路經過東三省，進了山海關，回到北平。到車站來迎接我們的家人朋友和學生，總有幾十人，到家以後，他們爭着替我們打開行李，搶着看我們遠道帶回的東西。

七月七日，蘆溝橋上，燃起了戰爭之火⋯⋯為着要爭取正義與和平，我們決定要到抗戰的大後方去，盡我們一分綿薄的力量。但因為我們的小女兒宗黎還未誕生，同時要維持燕京大學的開學，我們在北平又住了一學年。這一學年之中，我們無一日不作離開北平的準備：一切陳設家

具，送人的送人，捐的捐了，賣的賣了，只剩下一些我們認為最寶貴的東西，不捨得讓它與我們一同去流亡冒險的，我們就珍重的裝起寄存在燕京大學課堂的樓上。那就是文藻從在清華做學起，幾十年的日記；和我在美國三年的日記；我們兩人整齊冗長六年的通信，我的母親和朋友，以及許多不知名的「小讀者」的來信，其中有許許多多，可以拿來當詩和散文讀的，還有我的父親年輕在海上時代，給母親寫的信和詩，母親死後，由我保存的。此外還有作者簽名送我的書籍，如泰戈爾《新月集》及其他；Virginia Woolf [2] 的 *To The Light House* [3] 及其他；魯迅，周作人，老舍，巴金，丁玲，雪林 [4]，淑華 [5]，茅盾……一起差不多在一百本以上，其次便是大大小小的相片，小孩子的相片，以及旅行的照片，再就是各種善本書，各種畫集，箋譜，各種字畫，以及許許多多有藝術價值的紀念品……收集起來，裝了十五隻大木箱。文藻十五年來所編的，幾十布匣的筆記教材，還不在內！

收拾這些東西的時候，總是有許多男女學生幫忙，有人登記，有人包裹，有人裝箱。……我們坐在地上忙碌地工作，累了就在地上休息吃茶談話。我們都痛恨了戰爭！戰爭摧殘了文化，毀滅了藝術作品，奪去了我們讀書人研究寫作的時間，這些損失是多少物質上的獲得，都不能換取補償的，何況侵略爭奪，決不能有永久的獲得！

在這些年輕人嘆恨縱談的時候，我每每因着疲倦而沉默着。這時我總憶起宋朝金人內犯的時候，我們偉大的女詩人李易安，和她的丈夫趙明誠，倉皇避難，把他們歷年收集的金石字畫，都丟散失了。李易安在她的《金石錄後序》中，描寫他們初婚貧困的時候，怎樣喜愛字畫，又買不起字畫！以後生活轉好，怎樣地慢慢收集字畫，以及金石藝術品，為着這些寶物，他們蓋起書樓，來保存，來佈置；字裡行間，橫溢着他們同居的快樂與和平的幸福。最後是金人的侵略，丈夫的死亡，金石的散失，老境的

窮困……充分的描寫呈露了戰爭期中，文化人的末路！

我不敢自擬於李易安，但我的確有一個和李易安一樣的，喜好收集的丈夫！我和李易安不同的，就是她對於她的遭遇，只有愁嘆怨恨，我卻從始至終就認為戰爭是暫時的，正義和真理是要最後得勝的。以文物慘痛的損失，來換取人類最高的理智的覺悟，還是一件值得的事！

話雖如此說，我總不能忘情於我留在北平的「珍寶」。今年七月，在我得到第一次飛回北平的機會，我就趕緊回到燕京大學去。在那裡，我發現校景外觀，一點沒有改變，經過了半年的修繕，仍舊是富麗堂皇；樹木比以前更葱鬱了，湖水依舊漣漪！走到我的住宅院中，那一架香溢四鄰的紫藤花，連架子都不在了，廊前的紅月季與白玫瑰，也一株無存！走上閣樓，四壁是空的，文藻幾十盒的筆記教材都不見了！

我心中忽然有說不出的空洞無着，默然的站了一會，就轉身下來。

遇到了當年的工友，提起當年我們的房子，在日美宣戰，燕大被封以後，就成了日本憲兵的駐在所，文藻的書室，就是拷問教授們的地方。那些筆記匣子，被日本兵運走了，不知去向。

兩天以後，我才滿懷着虛怯的心情，走上存放我們書箱的大樓頂閣上去——果然像我所想到的，那一間小屋是敞開的，捻開電燈一看，只是空洞的四壁！我的日記，我的書信，我的書籍，我的……一切都喪失了！

白髮的工友，拿着鑰匙站在門口，看見我無言的慘默，悄悄地走了過來，抱歉似的安慰我說：「在珍珠港事變的第二天清早，日本兵就包圍燕京大學，學生們都攆出去了，我們都被鎖了起來。第二天我們也被攆了出去，一直到去年八月，我們回來的時候，發現各個樓裡都空了，而且樓房拆改得不成樣子。……您的東西……大概也和別人的一樣，再也找不回來了。不過……我真高興……這幾年你倒還健康。」

我謝了他，眼淚忽然落了下來，轉身便走下樓去。

迂緩的穿過翠綠的山坡，走到湖畔。遠望島亭畔的石船，我繞着湖走了兩周，心裡漸漸從荒涼寂寞，變成覺悟與歡喜。

從古至今，從東到西，不知道有多少人，佔有過比我多上幾百倍幾千倍的珍寶。這些珍寶，毀滅的不必說了，未毀滅的，也不知已經換過幾個主人！我的日記，我的書信，描寫敍述當年當地的經過與心情的，當然可貴，但是，正如那老工友所說的，我還健在！我還能敍述，我還能描寫，我還能傳播我的哲學！

戰爭奪去了毀滅了我的一部分的珍寶，但它增加了我的最寶貴的，丟不掉的珍寶，那就是我對於人類的信心！

人類是進步的，高尚的，他會從無數的錯誤歪曲的小路上，慢慢的走回康莊平坦的大道上來。總會有一天，全世界的學校裡又住滿了健康活潑的學生，教授們的書室裡，又壘着滿滿的書，他們攻讀，他們研究，為全人類謀求福利。

人類也是善忘的，幾年戰爭的慘痛，不能打消幾十年的愛好。這次到了日本，我在各風景區旅行，對於照相和收集紀念品，都淡然不感興趣，而我的書呆子的丈夫，卻已經超過自己經濟能力的，開始買他的書了！

一九四六年十二月四日於東京

【注釋】

〔1〕　文藻：吳文藻（一九〇一至一九八五），教授，我國著名的社會學家、人類學家。

〔2〕 Virginia Woolf：吳爾夫，英國女作家。一八八二年一月二十五日出生於倫敦的文學世家。她的最佳作品是《黛洛維夫人》、《海浪》、《幕與幕之間》。一九四一年三月二十八日去世。

〔3〕 *To The Light House*：吳爾夫的小說《到燈塔去》。

〔4〕 雪林：蘇雪林，現代女作家。一九〇〇年生於浙江瑞安縣，原名梅，筆名綠漪。代表作為長篇小說《棘心》。

〔5〕 淑華：凌淑華，現代女作家、畫家。一八九九年五月五日生於北京的一個書畫之家。有短篇小說集《花之寺》、《女人》、《小哥兒倆》等。長期居住在英國。一九九〇年五月二十二日在北京去世。

【賞析】

　　文章開頭從丈夫買回《中國名畫集》說起，敘述了痛失「珍寶」的過程：他們在做朋友時、新婚時和婚後的十年裡，收集了許多善本書籍和名貴字畫，還有他們的通信等等。抗日戰爭爆發後，他們要疏散到大後方，只有忍痛割愛，把它們留下，存放在燕京大學的教室樓上。沒有想到，這些「珍寶」全都喪失了，為此，「我無言的慘默」，落下了眼淚。看到這裡，讀者不禁為之惋惜，並可能暗自猜度：這些「珍寶」既然「丟不掉」，是否還能失而復得呢？作者筆鋒陡轉：「心裡漸漸從荒涼寂寞，變成覺悟與歡喜」，亮出丟不掉的珍寶，並不是物歸原主，而是信念，那就是「對於人類的信心」，是作者把眼光轉向未來，深信人類會走向「康莊平坦的大道」。這是作者襟懷寬廣的體現，希望之所在。文章最後以丈夫超過自己的經濟能力，又開始買書作結束，巧妙地照應了開頭。

觀舞記

——獻給印度舞蹈家卡拉瑪姐妹

【題解】

我們知道冰心對印度的古老文化的喜愛。她最早的詩歌《繁星》、《春水》就是在印度詩人泰戈爾的《飛鳥集》的啟迪下產生的。一九五三年底她參加了中國中印友好協會代表團,對印度作了為期一個多月的訪問,這增進了她對印度人民和他們文化的了解,也加強了印中兩國人民的友誼,歸來以後不久,她就翻譯出版了《印度童話集》。冰心對印度舞蹈的歷史以及它們同宗教的淵源也是有所了解的。本篇文章只是以一個欣賞者的身份來說出她對舞蹈動作美的感受。以自己的觀感、聯想,再現了印度舞蹈家的表演藝術,表達了對印度人民友好的熾熱感情。

【文本】

我應當怎樣地來形容印度卡拉瑪姐妹的舞蹈?

假如我是個詩人,我就要寫出一首長詩,來描繪她們的變幻多姿的

旋舞。

假如我是個畫家，我就要用各種的彩色，渲點出她們的清揚的眉宇，和絢麗的服裝。

假如我是個作曲家，我就要用音符來傳達出她們輕捷的舞步，和細響的鈴聲。

假如我是個雕刻家，我就要在玉石上模擬出她們的充滿了活力的苗條靈動的身形。

然而我什麼都不是！我只能用我自己貧乏的文字，來描寫這驚人的舞蹈藝術。

如同一個嬰兒，看到了朝陽下一朵耀眼的紅蓮，深林中一隻旋舞的孔雀，他想叫出他心中的驚喜，但是除了咿啞之外，他找不到合適的語言！

但是，朋友，難道我就能忍住滿心的歡喜和激動，不向你吐出我心中的「咿啞」？

我不敢冒充研究印度舞蹈的學者，來闡述印度舞蹈的歷史和派別，來說明她們所表演的婆羅多舞是印度舞蹈的正宗。我也不敢像舞蹈家一般，內行地讚美她們的一舉手一投足，是怎樣的「出色當行」。

我只是一個欣賞者，但是我願意努力地說出我心中所感受的飛動的「美」！

朋友，在一個難忘的夜晚——

簾幕慢慢地拉開，台中間小桌上供養着一尊濕婆天的舞像，兩旁是燃着的兩盞高腳銅燈，舞台上的氣氛是靜穆莊嚴的。

卡拉瑪·拉克希曼出來了。真是光艷的一閃！她向觀眾深深地低頭合掌，抬起頭來，她亮出了她的秀麗的面龐，和那能說出萬千種話的一對

長眉，一雙眼睛。

她端凝地站立着。

笛子吹起，小鼓敲起，歌聲唱起，卡拉瑪開始舞蹈了。

她用她的長眉，妙目，手指，腰肢；用她鬢上的花朵，腰間的褶裙；用她細碎的舞步，繁響的鈴聲，輕雲般慢移，旋風般疾轉，舞蹈出詩句裡的離合悲歡。

我們雖然不曉得故事的內容，但是我們的情感，卻能隨着她的動作，起了共鳴！我們看她忽而雙眉顰蹙，表現出無限的哀愁；忽而笑頰燦然，表現出無邊的喜樂；忽而側身垂睫，表現出低迴宛轉的嬌羞；忽而張目嗔視，表現出叱咤風雲的盛怒；忽而輕柔地點額撫臂，畫眼描眉，表演着細膩妥帖的梳妝；忽而挺身屹立，按箭引弓，使人幾乎聽得見錚錚的弦響！像濕婆天一樣，在舞蹈的狂歡中，她忘懷了觀眾，也忘懷了自己。她只顧使出渾身解數，用她靈活熟練的四肢五官，來講説着印度古代的優美的詩歌故事！

一段一段的舞蹈表演過（小妹妹拉達，有時單獨舞蹈，有時和姐姐配合，她是一隻雛鳳！形容尚小而工夫已深，將來的成就也是不可限量的），我們發現她們不但是表現神和人，就是草木禽獸：如蓮花的花開瓣顫，小鹿的疾走驚躍，孔雀的高視闊步，都能形容盡致，盡態極妍！最精彩的是「蛇舞」，頸的輕搖，肩的微顫：一陣一陣的柔韌的蠕動，從右手的指尖，一直傳到左手的指尖！我實在描寫不出，只能借用白居易的兩句詩：「珠纓炫轉星宿搖，花鬘斗藪龍蛇動」來包括了。

看了卡拉瑪姐妹的舞蹈，使人深深地體會到印度的優美悠久的文化藝術：舞蹈、音樂、雕刻、圖畫……都如同一條條的大榕樹上的樹枝，枝枝下垂，入地生根。這許多樹枝在大地裡面，息息相通、吸收着大地

母親給予它的食糧的供養，而這大地就是有着悠久歷史的印度的廣大人民群眾。

卡拉瑪和拉達還只是這棵大榕樹上的兩條柔枝。雖然卡拉瑪以她的二十二年華，已過了十七年的舞台生活；十二歲的拉達也已經有了四年的演出經驗，但是我們知道印度的偉大的大地母親，還會不斷地給她們以滋潤培養的。

最使人惆悵的是她們剛顯示給中國人民以她們「游龍」般的舞姿，因着她們祖國廣大人民的需求，她們又將在兩三天內「驚鴻」般地飛了回去！

北京的早春，找不到像她們的南印故鄉那樣的豐滿芬芳的花朵，我們只能學她們的偉大詩人泰戈爾的充滿詩意的説法：讓我們將我們一顆顆的讚嘆感謝的心，像一朵朵的紅花似的穿成花串，獻給她們掛在胸前，帶回到印度人民那裡去，感謝他們的友誼和熱情，感謝他們把拉克希曼姐妹暫時送來的盛意！

（本篇最初發表於《人民日報》一九五七年四月六日，
後收入散文集《歸來以後》。）

【賞析】

本文運用記敘與抒情緊密結合的方式，表現了印度舞蹈家的精湛藝術和作者對印度人民的友好情意。

作者首先用的是虛筆。她用方整句式，平列出四個假設複句：「假如

我是……」，又用了一個巧妙的比喻「如同一個嬰兒，看到了……」，寫出自己急欲傾吐的歡喜和激動的心情。她以抒情詩的語言，形容了「心中所感受的飛動的『美』」。那變幻多姿的旋舞、輕揚的眉宇和絢麗的服裝、敏捷的舞步和細響的鈴聲、充滿活力的苗條靈動的身影，粗線條地勾畫出印度舞蹈家表演的形象。

接着，作者按演出順序具體加以描寫，寫得有聲有色，層次井然。先是拉克希曼出台的「光艷的一閃」，那「秀麗的面龐」、「能說出萬千種話的一對長眉，一雙眼睛」，向觀眾展現了外在的美。其表演，以長眉、妙目、手指、腰肢和鬢上的花朵，腰間的褶裙以及「輕雲般慢移，旋風般疾轉」的舞步，表現了悲歡離合，表演出印度古代優美詩歌的故事。作者選取了幾個特寫鏡頭：「雙眉顰蹙，表現出無限的哀愁」，「笑頰燦然，表現出無邊的喜樂」，「張目嗔視，表現出叱咤風雲的盛怒」，「挺身屹立，按箭引弓，使人幾乎聽得見錚錚的弦響」。這種細緻入微描寫，準確而又傳神，揭示了舞蹈人物的內心隱秘和心靈衝突，給讀者以感同身受的印象。隨後，以素描手法，描繪了小妹妹拉達的表演。用「雛鳳」形容她年紀尚小而工夫已深的藝術造詣，並借用白居易的詩句「珠纓炫轉星宿搖，花鬘斗藪龍蛇動」來概括其表演，詳略得當，粗細有致。

觀舞到此已記敘完畢。為深掘主題，豐富思想，作者繼續寫了兩段議論抒情文字。把有着悠久歷史的印度人民比作大地，把印度文化藝術比作「枝枝下垂，入地生根」的大榕樹，把卡拉瑪姐妹比作大榕樹的兩條柔枝，比喻生動、貼切，聯想大膽、自然，較好地發揮了散文揮灑自如的長處，突破了具體描寫對象的局限，展示了更加深遠的意境。而結尾一段充滿激情的文字，進一步把印度藝術家來華演出與中印人民的友誼聯繫起來，把對藝術家表演激發出來的思想感情集中地表達出來，與開頭的抒情文字相照應，增添了文采，深化了主題。

再寄小讀者

【題解】

　　《再寄小讀者》是繼《寄小讀者》後，冰心第三次為少年兒童撰寫的一組通訊，共二十一篇，都是冰心作為中國人民的友好使者，為世界和平、友誼進行國際交往，在出訪歸來或訪問途中，給祖國小讀者寫的通訊。

【通訊二（一九五八年）文本】

親愛的小朋友：

　　今年一月，我剛從埃及歸來，趁我記憶猶新，來對小朋友說一些埃及的印象。

　　我們到埃及去，走的是北路，就是從北京坐飛機，經過蒙古人民共和國、蘇聯、捷克斯洛伐克，最後到達埃及的首都開羅。——在這裡我想插一句話，世界局勢發展得多快，在我回來後不到三個星期，埃及和敘利

亞，已經聯合組織了一個橫跨亞非兩洲的新國家阿拉伯聯合共和國了！這是中東阿拉伯人民，在反對殖民主義、爭取民族獨立的願望上，有了進一步的團結，這也是世界和平力量進一步發展的里程碑！

我們一路從機窗下望，都是冰天雪地瑩白照眼，可是一到達開羅的上空，就是晴天萬里，下面是長長的河道，支流四出，兩旁是整齊翠綠的田野，一簇簇的密集的淡灰色的農舍，田壟上排列着一行一行的高大的棗椰樹。但是在這河畔地區以外，就是茫茫無際的黃沙，濃綠淡黃，成一個鮮明的對照！

這一條長長的河道，就是世界聞名的尼羅河，是埃及境內的唯一的天然河流。埃及在非洲的東北角，在北緯二十二度至三十二度，東經二十四度至三十七度之間，氣候炎熱，雨量極少，所以尼羅河也是他們唯一的灌溉泉源。埃及人民親切地稱尼羅河為「尼羅河爸爸」就是這個緣故。

這使我想起二十幾年前，我在意大利首都羅馬的梵蒂岡 —— 教皇城 —— 的博物館裡，看見了一座尼羅河的雕像。在這裡，尼羅河是一位慈祥的老人，他右臂斜倚着人面獅身像，側臥在地上，旁邊堆着一垛高高的麥穗和葡萄。最生動的是他的身上，身邊，爬滿圍滿了許多活潑嬉笑的、赤裸裸的小孩子！有的站在他的肩上，有的騎在他的臂上，有的坐在他身旁的麥堆上，有的三三兩兩地和他身邊河水裡的鱷魚，撩撥嬉戲。這雕像給我的印象很深，但我決沒有意識到，埃及的沙漠地區，佔到全國境的百分之九十六，也不知道埃及的雨量少到：簡單的農舍，不用蓋屋頂，只用高粱稈蓋遮遮就行。當我看到聽到這些現象的時候，我對於尼羅河，也不禁熱愛了！

我們在埃及境內，曾作過短期的旅行，就是坐火車往南走，一路沿着尼羅河，溯流而上。眼前旋轉過去的，是潤濕的田地，茂盛的莊稼，和裹着頭巾穿着長袍的男男女女，鋤地的，車水的，放羊的，趕驢的⋯⋯

同時也看見了道旁的農舍，屋子都像我們南方的「天井」一樣，有窗有門，卻沒有屋頂。那時正是冬天，白日陽光滿室，夜裡頂着月亮和星星睡覺，空氣清新，一定是十分舒暢的。

這在我是極其新鮮的事，但心裡還轉不過彎來，我問同行的埃及朋友：「夏天在屋頂蓋上高粱稈，當然可以擋住炎熱的太陽，但是恐怕擋不着大雨和久雨；萬一，萬一要下大雨，下久雨呢？」她笑了，說：「你過慮了，我們這裡除了沿地中海一帶，雨量較多之外，就是一萬個，一萬個也不下大雨和久雨！」

聰明勇敢的埃及人民，知道除了倚靠他們的「尼羅河爸爸」之外，還得不斷地和氣候土壤作艱苦的鬥爭，向大自然索取糧食。現在他們的興修水利，開發沙漠的工作，正在廣泛地展開。祝福他們吧，可愛的尼羅河的優秀兒女！

別的下封信再談，祝你們三好！

你的朋友　冰心

一九五八年三月十五日，北京。

【通訊四（一九五八年）文本】

親愛的小朋友：

自從三月二十一日離開祖國，時間不過十多天，在我彷彿已經過了多少年月！一來是這十多天之中，我們已經飛躍過好幾個亞洲和歐洲的國家；二來是祖國的進步，一日千里。這十多天之中，不知又發現了多少新的資源，增多了多少個發明創造！這一切，都使國外的「遊子」，不論何

時想起，都有無限的興奮！

歐洲本是我舊遊之地，沒有什麼特別新鮮的感覺，現在只挑出途中最突出的奇麗的景物，來對小朋友們說一說。

首先是三月二十四日黃昏，從瑞士坐火車到意大利的一段，一路沿着阿爾卑斯山腳蜿蜒行來，山高接天，白雪皚皚，山頂上懸着一鈎淡黃色的新月。火車飛速前進，窗外轉過的一座雪山接着一座雪山，如同一架長長的大理石的屏風，橫列在我們的眼前！天色漸漸地暗了下來，高高的雪山上，零亂地出現了星星點點的橘紅色的燈光，一片清涼之中，給人以無限的溫暖的感覺。

二十五日一覺醒來，我們已深入意大利的國境了。

意大利是南歐一個富有文化而又美麗的國家，它的地形，像一隻伸入地中海的靴子，三面臨海，氣候溫和。在瑞士山中還是雪深數寸的時候，這裡的田野上已是桃李花開了！我們先到達意大利的京城 —— 羅馬。這是一座建在七座小山上的古城，街道高低起伏，到處可以看見古羅馬的遺跡，頹垣斷柱，雜立於現代建築之間。街道上轉彎抹角，到處還可以看見淙淙的噴泉，泉座上都有神、人、魚、獸的雕像，在片片光影之中，栩栩如生。

二十六日晨我們到了意大利西海岸的那坡里城，這也是一座很美麗的海邊城市。但是我要為小朋友描述的，卻是離那坡里四十里遠的旁貝，那是將近兩千年前，被火山噴發的熔岩和熱塵所掩埋的古城。在一八六〇年以後，才被發掘出來的。

背山臨海的旁貝城，在紀元前六世紀 —— 我們春秋戰國的時候 —— 就已經建立起來了。到了紀元前八十年 —— 我們的漢代 —— 這裡成為羅馬貴族豪門的別墅區，人口多至兩萬五千人。紀元後七九年的八月，城後的維蘇威火山，忽然爆發了！漫天的灼熱的灰塵，和噴湧的沸騰的熔岩，

在兩三日之中，將這座豪華的市鎮，深深地封閉了。大多數居民幸得突圍而出，而老、弱、囚犯，葬身於熱塵火海之中的，至少還有兩千人左右。

我們在廢墟上巡禮：這裡的房舍，絕大部分，都沒有屋頂了，只有根根的斷柱，和扇扇的頹垣，矗立於陽光之下！石塊鋪成的道路，還有很深的車轍的痕跡。這市上有廣場，有神廟，有大廳，有法院，有城堡……街道兩旁還有酒店和浴堂。酒店裡遺留着一排一排的陶製的酒缸；浴堂裡有大理石砌成的冷熱浴池，化妝室，按摩床，牆上還有石雕和壁畫。屋宇尤其講究：院裡有噴泉，有雕像，層層的居室裡，都有紅黃黑三色畫成的壁畫，鮮艷奪目！後花園也很寬大，點綴的石像也很多，想當年花木葱蘢的時節，景物一定很美。最使我感到驚奇的，就是這些房屋裡，已經有鉛製的水管和水龍頭。導遊的人告訴我，旁邊的水道，是直通羅馬的。

這裡的博物院裡，還看到發掘出來的，很精緻的金銀陶瓷和玻璃製成的日用器皿，以及金珠首飾。此外還有人獸的殘骸，形狀扭曲，可以想見臨死前的掙扎和痛苦。

小朋友，上面的幾段，是陸續寫成的，中間已經過意大利南部和西西里島的幾個城市。沿途的海景，是描寫不完的；而最難描述的，還是意大利人民對於中國的熱愛和嚮往！我們到處受到最使人感動的歡迎，尤其是在中小城市，工農羣眾的款待，最為真摯而熱烈！一束一束的遞到我們手裡的鮮花，如玫瑰，石竹，鬱金香……替他們說出了許多話語。在羣眾的集會上，向我們獻花的，都是最可愛的意大利小朋友。從他們嘴裡叫出的「友誼」和「和平」，那清脆的聲音，幾乎是神聖的，使我們不自主地湧上了感動的眼淚！

我們在昨天又渡海回到意大利本土，沿着地圖上的靴尖、靴跟，直上到東海岸的巴利城。今夜又要回到羅馬去了。趁着一天的訪問日程還沒

有開始，面對着窗外晨光熹微的大海，和輕盈飛掠的海鷗，給小朋友們寫完這一封信。我知道小朋友們是會關心我的旅程，而且是急待我的消息的，但是也請你們體諒到我們旅行的匆忙！外面有人在敲門，這信必須結束了，我的心永遠和你們在一起，深深地祝福你們！

你的朋友　冰心

一九五八年四月四日，意大利，巴利城。

【通訊五（一九五八年）文本】

親愛的小朋友：

　　在上一封信中，我曾提到了西西里島的訪問。這個島我從前沒有到過，因此我對它的印象也最深。這個被稱為意大利靴尖上的足球的西西里，面積有兩萬五千平方公里，居民在五百萬以上。在這裡的一段旅程，我們和海結了不解之緣！我們住的旅館，都是面臨大海的，我們和意大利朋友聚餐的飯店，也都挑選海邊名勝之地；枕上聽得見鷗鳴和潮響，用飯的時候，彷彿也在啖嚥着蔚藍的水光。一路乘車，更是沿着迂迴的海岸，一眼望去，不是無際的平沙，就是嶙峋的礁石，上面還有聳立的碉堡，而眼前一片無邊的海水，更永遠是反映着空闊的天光，變幻無極，儀態萬千，海水是很藍的；在晴朗的天空之下，更是像古詩上所説的：「水如碧玉山如黛」，光艷得不可描畫！那顏色是一層一層的，遠處是深藍，稍近是碧綠，遇有溪河入海處，這一層水色又是微黃的。唐詩有：「一道殘陽鋪水中，半江瑟瑟半江紅。」這兩句寫的極好，因為它不但寫出斜陽，連江上的微風，也在「瑟瑟」兩字中，表現出來了！

車窗的另一面，不是長着碧綠莊稼的整齊田地，便是長着上千盈百的杏樹、桃樹、橘柑樹、橄欖樹的山坡上的果園。陌上花開，風景如畫。在這片豐饒美麗的土地上的居民，是使人艷羨的！

但是，昨天早晨，我在翻閱羅馬「中東和東方學院」送給我們的一本意大利攝影畫冊，讀到上面的序言，裡面有：西西里島，四面被地中海所圍抱，也被希臘人、腓尼斯人、撒拉遜人聚居過，被德國人、法國人、西班牙人佔領過……西西里島上，曾是羅馬帝國的軍隊骨幹的農民，失去了他們的自由，在重利盤剝之下，他們失了土地，又被招募成為一支無地產的農奴隊伍。地主住在城市裡，只在夏天，才到他的田莊上來避暑，朝代更迭，土地易主，而直到今天，在意大利土地上辛苦勞動的，都不是土地的主人！這是多麼悲慘的境遇！這個意大利靴尖上的足球，在外來的統治者腳上，踢來踢去，雖然在文化藝術上遺留了些精美的宮殿和教堂的建築，裡面都有最精緻的寶石嵌鑲的圖案，和顏色鮮艷、神態如生的壁畫，而當地的農民生活，卻永遠停留在半封建半開化的狀態之中。「四海無閑田，農夫猶餓死」的慘狀，在這裡是還存在的！

在羅馬的一個晚餐會上，意大利最著名的詩人卡羅·勒維坐在我的旁邊。他滔滔不斷地告訴我，在意大利南部，尤其是西西里一帶，農民過着受壓迫被剝削的生活。意大利北部的工業，是比較發達的，而南部的資源，卻從未被開發過，於是南部飢餓失業的隊伍，就成羣地被招送到北方去作工，痛苦流離，成了他們千百年來的命運！

當詩人說這些話的時候，神情是激動的，眼光是悲憤的，使我的回憶中的西西里的水光山色，蒙上了一層陰沉的暗影！我又回憶到在島上的一個小市鎮——巴格里亞——的農民歡迎會上，另一位詩人卜提達，向我們致了最熱烈的歡迎詞。卜提達是巴格里亞市窮苦人民的兒子，他用西西里方言寫詩，強烈地揭露了當地人民的黑暗生活。他送給我一本他的

詩集：《麵包就是麵包》的法文譯本，上面有卡羅‧勒維寫的序，説卜提達以鋼鐵般的堅強洪壯的聲音，叫出了島上人民的不幸。可惜我不懂得法文，只好等將來請人讀給我聽了。

廣大的人民是廣闊的天空，人民的詩人就該像天空下透明的大海，它永遠忠實地反映出天空的明暗陰晴，呼叫出人民的苦樂和希望。這樣，他的詩裡才有顏色，才有感情。勒維和卜提達都是大海般的詩人，我們應該向他們學習。

今天是復活節，一早醒起，就聽到從四面傳來的悠揚而嘹亮的鐘聲。羅馬城裡，大大小小有五百多座教堂；登高望時，金色，綠色，灰色的圓頂，在叢樹中層層隱現。這幾天來，羅馬街上，尤其是商店的櫥窗裡，洋溢着節日的氣氛，金彩輝煌的巧克力做成的大雞蛋，到處都是。今天上午出去走了一走，因為明天要到佛勞倫斯去，先給你們發出這封信，羅馬的古跡，等以後再談吧！

今夜羅馬大雷雨，電光閃閃，雷聲大得像巨炮一般。現在祖國已是早晨，小朋友正走在上學的路上，向你們珍重地説聲早安吧！

你的朋友　冰心

一九五八年四月六日，意大利，羅馬。

【通訊六（一九五八年）文本】

親愛的小朋友：

四月十二日，我們在微雨中到達意大利東海岸的威尼斯。

威尼斯是世界聞名的水上城市，常有人把它比作中國的蘇州。但是

蘇州基本上是陸地上的城市，不過城裡有許多河道和橋樑。威尼斯卻是由一百多個小島組成的，一條較寬的曲折的水道，就算是大街，其餘許多多縱橫交織的小水道，就算是小巷。三四百座大大小小的橋，將這些小島上的一簇一簇的樓屋，穿連了起來。這裡沒有車馬，只有往來如織的大小汽艇，代替了公共汽車和小臥車；此外還有黑色的、兩端翹起、輕巧可愛的小遊船，叫做 Gondola，譯作「共渡樂」，也還可以諧音會意。

這座小城，是極有趣的！你們想像看：家家戶戶，面臨着水街小巷，一開起門來，就看見蕩漾的海水和飛翔的海鷗。門口石階旁邊，長滿了厚厚的青苔，從石階上跳上公共汽艇，就上街去了。這座城裡，當然也有教堂，有宮殿，和其他的公共建築，座座都緊靠着水邊。夜間一行行一串串的燈火，倒影在顫搖的水光裡，真是靜美極了！

威尼斯是意大利東海岸對東方貿易的三大港口之一，其餘的兩個是它南邊的巴利和北邊的特利斯提。在它的繁盛的時代，就是公元後十三世紀，那時是中國的元朝，有個商人名叫馬可波羅曾到過中國，在揚州作過官。他在中國住了二十多年，回到威尼斯之後，寫了一本遊記，極稱中國文物之盛。在他的遊記裡，曾仔細地描寫過蘆溝橋，因此直到現在，歐洲人還把蘆溝橋稱作馬可波羅橋。

國際間的貿易，常常是文化交流的開端，精美的商品的互換，促進了兩國人民相互的愛慕與了解。和平勞動的人民，是歡迎這種「有無相通」的。近幾年來，中意兩國間的貿易，由於人為的障礙，大大地減少了。這幾個港口的冷落，使得意大利的工商業者，渴望和中國重建邦交，暢通貿易，這種熱切的呼聲，是我們到處可以聽到的。

這幾天歐洲的氣候，真是反常！昨天在帕都瓦城，遇見大雪，那裡本已是桃紅似錦，柳碧如茵，而天空中的雪片，卻是搓棉扯絮一般，紛紛下落。在雪光之中，看到融融的春景，在我還是第一次！

昨晚起雪化成雨，涼意逼人，現在我的窗外呼嘯着嗚嗚的海風，風聲中夾雜着悠揚的鐘聲；回憶起二十幾年前的初春，我也是在陰雨中遊了威尼斯，它的明媚的一面，我至今還沒有看到！今天又是星期六，在寂靜的時間中，我極其親切地想起了你們。住學校的小朋友們，現在都該回到家裡了吧？燈光之下，不知你們和家裡人談了些什麼？是你們學習的情況，還是奮進的計劃？又有幾天沒有看到祖國的報紙，消息都非常隔膜了。出國真不能走得太久，思想跟不上就使人落後！小朋友一定會笑我又「想家」了吧？——同行的人都冒雨出去參觀，明天又要趕路，我獨自留下，抽空再寫幾行，免得你們盼望，遙祝你們好好地度一個快樂的星期天！

你的朋友　冰心

一九五八年四月十二日夜，意大利，威尼斯。

【通訊七（一九五八年）文本】

親愛的小朋友：

　　昨天我們從意大利又回到瑞士，明天要出發到英國去了，三星期的意大利之遊，應當對你們作一個總結。

　　我們訪問了意大利的大小二十個城市，説一句總話，我實在喜歡意大利，首先是它的首都羅馬，和我們的北京一樣，是個美麗雄偉的首都。它的古老的建築，和博物館裡的雕刻、繪畫，以及出土的文物，都和北京的建築和博物館一樣，充分地呈現了它的勞動人民的驚人的智慧！關於意大利，將來有時間再詳細地述説，如今先舉出幾個最突出的印象，給小朋友們畫一個輪廓。

第一個是：歐洲人說，意大利是用石頭建造起來的，這是古意大利建築的一個特點。古意大利的教堂、宮殿、城堡、橋樑、街道……絕大部分都是用石頭蓋起鋪起的，至少是建築物外面都用的是石板、石片；仰頂和牆壁上都有各色花石寶石嵌鑲的人物；屋頂上、噴泉上和廣場上都有石像，一眼望去，給人一種簡潔清涼的感覺。意大利的美麗的建築，可描寫的真是太多了，我最喜歡的是比薩的斜塔、教堂和洗禮堂。這一簇簡潔、玲瓏而莊嚴的白石建築，相依相襯地排列在一角城牆的前面，使人看過永不會忘記！

　　第二個是：在意大利旅行，到處都離不了水。意大利的邊界，有四分之三與水為鄰，北部多山的地方，卻有許多大大小小美麗的湖泊。各個城市裡都有形形色色的噴泉，最奇麗的是羅馬郊外的提伏里泉園。這座泉園原是皇家別墅，建造在小山上，園裡大小有六千條噴泉，在山巔，在池上，在路旁……寬者如簾，細者如線，大的奔越下流，如同山間的瀑布，小的輕瑩上噴，如同火樹銀花，一片清輝交織之中，再聽到那「大珠小珠落玉盤」的大小錯落的泉聲，這個新奇的感受，也是使人永不忘記的！

　　但是，最使人不能忘卻的，是意大利的可愛的人民！他們是才氣橫溢，熱情奔放的；這表現在他們的天才的文藝創造上，科學的發明上；表現在他們為自由和獨立的鬥爭上；表現在對朋友的熱愛上。意大利人民把中國人民當作最好的朋友。他們關心我們、熱愛我們，他們認為我們的成就，就是他們的成就；我們的勝利就是他們的勝利；中國人民一寸一尺的進步，都給他們以莫大的鼓舞。當我們離開意大利的前夕，在他們的英雄城市都靈，我們被邀到一個羣眾的集會 —— 在這裡應當補述一下：都靈城是在一九四五年，在它自己人民的艱苦鬥爭之下，得到解放的。這次的鬥爭，人民游擊隊死亡的數目，在百分之四十七以上！我們曾到烈士基

前，獻過花束——這集會是在一個工人俱樂部召開的，會場上擠滿了熱情的男女老幼，台上橫掛着「歡迎中國來賓」的中文標語（是意大利人自己寫的），長桌上擺滿了大大小小的酒杯。他們送給我們都靈市特產的蜜甜的巧克力糖，猩紅的玫瑰花，給我們滿滿地斟上香醇的都靈酒。他們的歡迎詞，是真摯而熱烈的。我們的每一句答詞，都得到春雷般的鼓掌與歡呼。在飲酒敘談的中間，都不斷地有羣眾過來和我們握手擁抱，不斷地也有兒童們送上畫片，要求我們簽名——談到意大利的兒童，他們真是可愛！他們是那樣地天真活潑，又是那樣地溫文有禮。在以後的通訊裡，我要對你們談一個意大利小姑娘所給我的深刻的印象。我們又在整裝待發之中。「且聽下回分解」吧！

我們在意大利的訪問，就在上述的高漲的熱潮中結束。回到旅館已是半夜，我久久不能入睡！國際間勞動人民的和平友誼，是世界持久和平的最鞏固的基礎。在亞洲，在非洲，在歐洲，我們已有了億萬的和平宮的建築工人，正在一磚一石地把屋基壘了起來。你們是我們的接班人，好好地繼續努力吧！

祝你們健康快樂。

你的朋友　冰心

一九五八年四月二十一日，瑞士，波爾尼。

【賞析】

通訊二是冰心從埃及訪問回來寫的觀感和印象，着重報道了那些「新鮮的事」：埃及人民對尼羅河稱「尼羅河爸爸」的奧秘；雨少乾旱，簡單

農舍不用蓋屋頂，白天陽光滿室，冬夜頂着星月睡覺的趣聞，以及埃及人民興修水利、開發沙漠，同氣候土壤作艱苦奮鬥的事跡。文筆簡練，饒有風趣，引人入勝。

通訊四、五、六、七，是冰心參加中國文化代表團到西歐訪問的見聞。

通訊四這篇通訊，實際上是一則遊記，記錄了作者在意大利的觀感。作品的主要篇幅是向小讀者描繪從瑞士到意大利途中和古老城市羅馬等地的奇麗景物：白雪皚皚、高接雲天的阿爾卑斯山；頹垣斷柱雜立於現代建築之間，到處有噴泉、雕像的羅馬；二千年前被火山噴發的熔岩和灰塵掩埋，後被挖掘出來的古城旁（龐）貝，等等。在談及古城旁（龐）貝的悠久歷史時，作者自然地以中國歷史的發展為參照，字裡行間潛藏着一種民族自豪感。

作者在介紹這個富有浪漫情調的國度的同時，真正動情的筆墨還是落在中意人民的友好感情和對祖國的熱愛上。在冰心眼裡，一束束鮮花聚集着一份份濃濃的情。孩子們的稚嫩與真誠，使她感動得熱淚盈眶。《寄小讀者》與《再寄小讀者》的一個共同之處是，都寫她即將離國遠行之際或是在異國逗留期間，她對祖國的思念之情。但是這篇通訊中所表達的思念和幾十年前那種纏綿傷感的思念截然不同，這是一種充滿自豪的思念。思念引來的不是離愁而是「興奮」。

通訊五寫的是西西里訪問的印象。冰心巧妙地將自然風光的描繪和紀實性介紹結合在一起。這個被稱為「意大利靴尖上的足球」的小島，古代光輝的文化藝術給它留下了不少精美的建築，但當地農民卻仍停留在半封建半開化的狀態之中，作者對他們百年來痛苦流離的命運，寄予極大的同

情。西西里島的美景與人民的苦難形成了強烈的反差，正是這種反差深深打動了冰心。作者含蓄而真切地表達了她對西西里島的複雜感情。

引起冰心更深一層思索的是兩位意大利著名詩人卡羅‧勒維和卜提達對人民懷有的真摯感情。卡羅‧勒維揭露當地農民過着受壓迫剝削生活時的憤怒和激動，卜提達用詩作吟唱出西西里島人民的不幸，使冰心想到詩人的責任，作者以「廣闊的天空」和「天空下透明的大海」來比喻廣大人民與詩人的關係，形象而精闢地闡明了文學藝術創作，只有真實地反映現實生活，才能有聲有色，具有生命力。

通訊六報道了訪問世界聞名的水上城市威尼斯的見聞。我們能夠從中看到冰心走訪這座名城時，可謂身在異邦，情繫故鄉。水路縱橫的威尼斯使她想起中國的蘇州。作者用威尼斯同中國蘇州相比較的寫法，突出威尼斯水上城市的特點。接着，由威尼斯在意大利對東方貿易中的地位，引出古代威尼斯商人馬可波羅在中國二十多年的史實，反映意大利人民要求發展中意兩國貿易、文化交流的呼聲。

通訊七運用列舉突出印象的手法，對歷時三個星期，訪問意大利二十個大小城市情況作總結性報道，古意大利建築物用石頭建造的特點，特別是比薩的斜塔、教堂和洗禮堂，簡潔、玲瓏而莊嚴，「使人看過永不會忘記」；各城市都有形形色色的噴泉，最奇麗的是羅馬城郊的提伏里泉園：六千條噴泉，如簾、如線、如同山間瀑布、如同火樹銀花，一片清輝交織其中，令人神往。這些簡潔的勾勒，為讀者畫出了在意大利訪問的輪廓，景中有情，情寓景中，給讀者留下難忘的印象。

櫻花讚

【題解】

　　櫻花，日本的國花，是日本人民的驕傲。凡是到過日本的人，都不會忘懷日本春季賞櫻的情景，亦有不少文人寫下了詠頌櫻花的篇章。冰心的《櫻花讚》是她解放後創作的一系列國際題材散文的代表作。六十年代初，冰心作為和平的友好使者隨中國作家代表團再次東渡扶桑，所到之處，無不感受到日本人民對中國人民的友好情誼，這一切使她感慨萬千，於是寫下了這篇膾炙人口的櫻花讚歌。

【文本】

　　櫻花是日本的驕傲。到日本去的人，未到之前，首先要想起櫻花；到了之後，首先要談到櫻花。你若是在夏秋之間到達的，日本朋友們會很惋惜地說：「你錯過了櫻花季節了！」你若是冬天到達的，他們會挽留你說，「多呆些日子，等看過櫻花再走吧！」總而言之，櫻花和「瑞雪靈峯」

的富士山[1]一樣，成了日本的象徵。

我看櫻花，往少裡說，也有幾十次了。在東京的青山墓地看，上野公園看，千鳥淵看⋯⋯；在京都看，奈良看⋯⋯；雨裡看，霧中看，月下看⋯⋯日本到處都有櫻花，有的是幾百棵花樹擁在一起，有的是一兩棵花樹在路旁水邊悄然獨立。春天在日本就是沉浸在瀰漫的櫻花氣息裡！

我的日本朋友告訴我，櫻花一共有三百多種，最多的是山櫻、吉野櫻和八重櫻。山櫻和吉野櫻不像桃花那樣地白中透紅，也不像梨花那樣地白中透綠，它是蓮灰色的。八重櫻就豐滿紅潤一些，近乎北京城裡春天的海棠。此外還有淺黃色的鬱金櫻，花枝低垂的枝垂櫻，「春分」時節最早開花的彼岸櫻，花瓣多到三百餘片的菊櫻⋯⋯掩映重迭、爭妍鬥艷。清代詩人黃遵憲[2]的櫻花歌中有：

     ⋯⋯⋯⋯⋯

     墨江澂綠水微波

     萬花掩映江之沱

     傾城看花奈花何

     人人同唱櫻花歌

     ⋯⋯⋯⋯⋯

     花光照海影如潮

     游俠聚作萃淵藪

     十日之遊舉國狂

     歲歲歡虞朝復暮

     ⋯⋯⋯⋯⋯

這首歌寫盡了日本人春天看櫻花的舉國若狂的勝況。「十日之遊」是

短促的，連陰之後，春陽暴暖，櫻花就漫山遍地的開了起來，一陣風雨，就又迅速地凋謝了，漫山遍地又是一片落英！日本的文人因此寫出許多「人生短促」的淒涼感喟的詩歌，據說櫻花的特點也在「早開早落」上面。

也許因為我是個中國人，對於櫻花的聯想，不是那麼灰黯。雖然我在一九四七年的春天，在東京的青山墓地第一次看櫻花的時候，墓地裡盡是些陰鬱的低頭掃墓的人，間以喝多了酒引吭悲歌的醉客，當我穿過圓穹似的蓮灰色的繁花覆蓋的甬道的時候，也曾使我起了一陣低沉的感覺。

今年春天我到日本，正是櫻花盛開的季節，我到處都看了櫻花，在東京，大阪，京都，箱根，鎌倉……但是四月十三日我在金澤蘿香山上所看到的櫻花，卻是我所看過的最璀璨、最莊嚴的華光四射的櫻花！

四月十二日，下着大雨，我們到離金澤市不遠的內灘漁村去訪問。路上偶然聽説明天是金澤市出租汽車公司工人罷工的日子。金澤市有十二家出租汽車公司，有汽車二百五十輛，僱用着幾百名的司機和工人。他們為了生活的壓迫，要求增加工資，已經進行過五次罷工了，還沒有達到目的，明天的罷工將是第六次。

那個下午，我們在大雨的海灘上和內灘農民的家裡，聽到了許多工農羣眾為反對美軍侵佔農田作打靶場，奮起鬥爭終於勝利的種種可泣可歌的事跡。晚上又參加了一個情況熱烈的羣眾歡迎大會，大家都興奮得睡不好覺，第二天早起，匆匆地整裝出發，我根本就把今天汽車司機罷工的事情，忘在九霄雲外了。

早晨八點四十分，我們從旅館出來，十一輛汽車整整齊齊地擺在門口。我們分別上了車，徐徐地沿着山路，曲折而下。天氣晴明，和煦的東風吹着，燦爛的陽光晃着我們的眼睛……

這時我才忽然想起，今天不是汽車司機們罷工的日子麼？他們罷工的時間不是從早晨八時開始麼？為着送我們上車，不是耽誤了他們的罷工

時刻麼？我連忙向前面和司機同坐的日本朋友詢問究竟。日本朋友回過頭來微微地笑說：「為着要送中國作家代表團上車站，他們昨夜開個緊急會議，決定把罷工時間改為從早晨九點開始了！」我正激動着要說一兩句道謝的話的時候，那位端詳穩靜、目光注視着前面的司機，稍稍地側着頭，謙和地說：「促進日中人民的友誼，也是鬥爭的一部分呵！」

我的心猛然地跳了一下，像點着的焰火一樣，從心靈深處噴出了感激的漫天燦爛的火花……清晨的山路上，沒有別的車輛，只有我們這十一輛汽車，沙沙地飛馳。這時我忽然看到，山路的兩旁，簇擁着雨後盛開的幾百樹幾千樹的櫻花！這櫻花，一堆堆，一層層，好像雲海似的，在朝陽下緋紅萬頃，溢彩流光。當曲折的山路被這無邊的花雲遮蓋了的時候，我們就像坐在十一隻首尾相接的輕舟之中，凌駕着駘蕩的東風，兩舷濺起嘩嘩的花浪，迅捷地向着初升的太陽前進！

下了山，到了市中心，街上仍沒有看到其他的行駛的車輛，只看到街旁許多的汽車行裡，大門敞開着，門內排列着大小的汽車，門口插着大面的紅旗，汽車工人們整齊地站在門邊，微笑着目送我們這一行車輛走過。

到了車站，我們下了車，以滿腔沸騰的熱情緊緊地握着司機們的手，感謝他們對我們的幫助，並祝他們鬥爭的勝利。

熱烈的惜別場面過去了，火車開了好久，窗前拂過的是連綿的雪山和奔流的春水，但是我的眼前仍舊輝映着這一片我所從未見過的奇麗的櫻花！

我回過頭來，問着同行的日本朋友：「櫻花不消說是美麗的，但是從日本人看來，到底櫻花美在哪裡？」他搔了搔頭，笑着說：「世界上沒有不美的花朵……至於對某一種花的喜愛，卻是由於各人心中的感觸。日本文人從美而易落的櫻花裡，感到人生的短暫，武士們就聯想到捐軀的壯

烈。至於一般人民，他們喜歡櫻花，就是因為它在淒厲的冬天之後，首先給人民帶來了興奮喜樂的春天的消息。在日本，櫻花就是多！山上、水邊、街旁、院裡，到處都是。積雪還沒有消融，冬服還沒有去身，幽暗的房間裡還是春寒料峭，只要遠遠地一絲東風吹來，天上露出了陽光，這櫻花就漫山遍地的開起！不管是山櫻也好，吉野櫻也好，八重櫻也好……向它旁邊的日本三島上的人民，報告了春天的振奮蓬勃的消息。」

這番話，給我講明了兩個道理。一個是：櫻花開遍了蓬萊三島，是日本人民自己的花，它永遠給日本人民以春天的興奮與鼓舞；一個是：看花人的心理活動，形成了對於某些花卉的特別喜愛。金澤的櫻花，並不比別處的更加美麗。汽車司機的一句深切動人的、表達日本勞動人民對於中國人民的深厚友誼的話，使得我眼中的金澤的漫山遍地的櫻花，幻成一片中日人民友誼的花的雲海，讓友誼的輕舟，激箭似的，向着燦爛的朝陽前進！

深夜回憶，暖意盈懷，欣然提筆作櫻花讚。

一九六一年五月十八日夜

【注釋】

〔1〕　富士山：日本的第一高峯，著名火山。被日本人民譽為「聖嶽」。
　　　　位於本州中南部，是日本民族的象徵。

〔2〕　黃遵憲（一八四九至一九〇五）：清末詩人，曾任清朝駐日大使，
　　　　是「詩界革命」的倡導者。

【賞析】

託物詠懷，借樹木花卉的特性，抒發情思，是文學創作的傳統手法之一，從古至今，多少詠梅頌菊的篇章，讚揚松竹高潔的佳構，都是作者心志的寄託。櫻花也和梅菊一樣，曾被日本文人、中國作家反覆詠唱。冰心的《櫻花讚》是一篇讚美櫻花的抒情散文。她不像日本文人那樣，因着櫻花的一經風雨便迅速凋零，而發出人生短促的感嘆；也不是單純地讚美櫻花的色澤和丰姿，而是獨闢蹊徑，透過真景的細膩描繪，真情的自然抒發，把櫻花同日本汽車司機的罷工鬥爭，促進日中人民的友誼的崇高美好的行動結合起來，融情於景，情景交匯，賦予櫻花以最璀璨的美和更深刻的內涵，同時也突出了作品的主題。

情是冰心最善於表現的內容，在這篇表達日本人民的深摯友情時，她仍一如既往，如實寫來，絕無誇飾，並將深情注入其中，使散文樸實中見華美，於凝重中見熱烈，產生了一種誘人神往的藝術魅力。

同冰心解放前的作品相比，《櫻花讚》在創作題材上有了深刻的變化，少了超然成分，多了現實成分。而在藝術上，一方面保留了她固有的溫婉、清麗、細膩、雋永的風格，同時又一改「微帶着憂愁」的迷茫、空幻的色彩，代之於歡愉、舒展、奔放的旋律，使作品充滿了健康、樂觀、開朗的新時代氣息。

冰心的語言一向為世人所稱讚，她文筆的清新娟秀、婀娜多姿，在《櫻花讚》中又一次得到了充分的體現。

只揀兒童多處行

【 題解 】

　　春天在哪裡?「只揀兒童多處行」!春天的美和兒童、花朵聯繫在一起,不僅是現實生活的真實,而且是作家對現實生活的深切感受。冰心以富有詩意的筆觸,描繪了美好的春色、成千盈百的兒童、密密層層的繁花。花和兒童一樣,在春天的感召下,「舒展出新鮮美麗的四肢」,說明了本文的命題。

【 文本 】

　　從香山歸來,路過頤和園,看見頤和園門口,就像散戲似的,成千盈百的孩子,鬧嚷嚷地從門內擠了出來。這幾扇大紅門,就像一隻大魔術匣子,蓋子敞開着,飛湧出一羣接着一羣的關不住的小天使。

　　這情景實在有趣!我想起兩句詩:「兒童不解春何在,只揀遊人多處行」,反過來也可以說,「遊人不解春何在,只揀兒童多處行」。我們笑着

下了車，迎着兒童的湧流，擠進頤和園去。

我們本想在知春亭畔喝茶，哪知道知春亭畔已是座無隙地！女孩子、男孩子、戴着紅領巾的，把外衣脫下搭在肩上拿在手裡的，東一堆，西一簇，唧唧呱呱地，也不知說些什麼，笑些什麼，個個鼻尖上閃着汗珠，小小的身軀上噴發着太陽的香氣息。也有些孩子，大概是跑累了，背倚着樹根坐在小山坡上，聚精會神地看小人書。湖面無數坐滿兒童的小船，在波浪上蕩漾，一面一面鮮紅的隊旗，在駘蕩的東風裡嘩嘩地響着。

我們站了一會，沿着湖邊的白石闌干向玉瀾堂走，在轉折的地方，總和一羣一羣的孩子撞個滿懷，他們匆匆地說了聲「對不起」，又匆匆地往前跑，知春亭和園門口大概是他們集合的地方，太陽已經偏西，是他們歸去的時候了。

走進玉瀾堂的院落裡，眼睛突然地一亮，那幾棵大海棠樹，開滿了密密層層的淡紅的花，這繁花開得從樹枝開到樹梢，不留一點空隙，陽光下就像幾座噴花的飛泉⋯⋯

春光，就會這樣地飽滿，這樣地爛漫，這樣地潑辣，這樣地華侈，它把一冬天蘊藏的精神、力量，都盡情地揮霍出來了！

我們在花下大聲讚嘆，引起一羣剛要出門的孩子，又圍聚過來了，他們抬頭看看花，又看看我們。我拉住一個額前披着短髮的男孩子。笑問：「你說這海棠花好看不好看？」他忸怩地笑着說：「好看。」我又笑問：「怎麼好法？」當他說不出來低頭玩着鈕扣的時候，一個在他後面的女孩子笑說：「就是開得旺嘛！」於是他們就像過了一關似的，笑着推着跑出門外去了。

對，就是開得旺！只要管理得好，給它適時地澆水施肥，花也和兒童一樣，在春天的感召下，歡暢活潑地，以旺盛的生命力，舒展出新鮮美麗的四肢，使出渾身解數，這時候，自己感到快樂，別人看着也快樂。

朋友，春天在哪裡？當你春遊的時候，記住「只揀兒童多處行」，是永遠不會找不到春天的！

（本篇最初發表於《北京晚報》一九六二年五月六日，
後收入散文集《拾穗小札》。）

【賞析】

　　冰心和友人從香山回來，路過頤和園，看見成千盈百的孩子，鬧嚷嚷地從門口擠了出來，而「我們」迎着兒童的湧流，擠進頤和園去。文中用了兩個「擠」字，這兩次使用「擠」字，不是簡單的偶然的重複，而是作家的匠心所在，目的在於寫出兒童的「多」，既生動又精確。對頤和園裡孩子的「多」，從下面的句子中進一步表現出來：「座無隙地」、「無數坐滿兒童的小船」、總和一羣孩子「撞個滿懷」、「一羣剛要出門的孩子，又圍聚過來」，「笑着推着跑出門外」，這些富有感情色彩的語言，生動地描繪了孩子「多」的情景，為後文回答「春天在哪裡」？「只揀兒童多處行」作出具體、細緻的結構安排。

海戀

【題解】

抒情散文是以情動人的。冰心展開豐富的想像，強烈而深沉地表達了對大海的愛戀感情。

【文本】

許多朋友聽說我曾到大連去歇夏，湛江去過冬，日本和阿聯去開會，都寫信來說：「你又到了你所熱愛的大海旁邊了，看到了童年耳鬢廝磨的遊伴，不定又寫了多少東西呢……」朋友們的期望，一部分是實現了，但是大部分沒有實現。我似乎覺得，不論是日本海，地中海……甚至於大連灣，廣州灣，都不像我童年的那片「海」，正如我一生中最好的朋友，不一定是我童年耳鬢廝磨的遊伴一樣。我的童年的遊伴，在許多方面都不如我長大以後所結交的朋友，但是我對童年的遊伴，卻是異樣地熟識，異樣地親暱。她們的姓名、聲音、笑貌、甚至於鬢邊的一絡短髮，眉

邊的一顆紅痣，幾十年過去了，還是歷歷在目！愈來愈健忘的我，常常因為和面熟的人寒暄招呼了半天還記不起姓名，而暗暗地感到慚愧。因此，對於湧到我眼前的一幅一幅童年時代的、鏡子般清澈明朗的圖畫，總是感到驚異，同時也感到深刻的喜悅和悵惘雜糅的情緒 —— 這情緒，像一根溫柔的針刺，刺透了我的纖弱嫩軟的心！

談到海 —— 自從我離開童年的海邊以後，這幾十年之中，我不知道親近過多少雄偉奇麗的海邊，觀賞過多少璀璨明媚的海景。如果我的腦子裡有一座記憶之宮的話，那麼這座殿宇的牆壁上，不知道掛有多少幅大大小小意態不同、神韻不同的海景的圖畫。但是，最樸素、最闊大、最驚心動魄的，是正殿北牆上的那一幅大畫！這幅大畫上，右邊是一座屏幛似的連綿不斷的南山，左邊是一帶圍抱過來的丘陵，土坡上是一層一層的麥地，前面是平坦無際的淡黃的沙灘。在沙灘與我之間，有一簇依山上下高低不齊的農舍，親熱地偎倚成一個小小的村落。在廣闊的沙灘前面，就是那片大海！這大海橫亘[1]南北，佈滿東方的天邊，天邊有幾筆淡墨畫成的海島，那就是芝罘島，島上有一座燈塔。畫上的構圖，如此而已。

但是這幅海的圖畫，是在我童年，腦子還是一張純素的白紙的時候，清澈而敏強的記憶力，給我日日夜夜、一筆一筆用銅鈎鐵劃畫了上去的，深刻到永不磨滅。

我的這片海，是在祖國的北方，附近沒有秀麗的山林，高懸的泉瀑。冬來秋去，大地上一片枯黃，海水也是灰藍灰藍的，顯得十分蕭瑟。春天來了，青草給高大的南山披上新裝，遠遠的村舍頂上，偶然露出一兩樹桃花。海水映到春天的光明，慢慢地也蕩漾出翠綠的波浪……

這是我童年活動的舞台上，從不更換的佈景。我是這個闊大舞台上的「獨腳」，有時在徘徊獨自，有時在抱膝沉思。我張着驚奇探討的眼睛，注視着一切。在清晨，我看見金盆似的朝日，從深黑色、淺灰色、魚

肚白色的雲層裡，忽然湧了上來；這時，太空轟鳴，濃金潑滿了海面，染透了諸天。漸漸地，聲音平靜下去了，天邊漾出一縷淡淡的白煙，看見桅頂了，看見船身了，又是哪裡的海客，來拜訪我們北山下小小的城市了。在黃昏，我看見銀盤似的月亮，顫巍巍地捧出了水平，海面變成一道道一層層的，由濃墨而銀灰，漸漸地漾成閃爍光明的一片。淡墨色的漁帆，一翅連着一翅，慢慢地移了過去，船尾上閃着橘紅色的燈光。我知道在這淡淡的白煙裡，橘紅色的燈光中，都有許多人 —— 從大人的嘴裡，從書本、像《一千零一夜》裡出來的、我所熟識的人，他們在忙碌地做工，喧笑着談話。我看不見他們，但是我在幻想裡一刻不停地替他們做工，替他們說話：他們嚓嚓地用椰子殼洗着甲板，嘩嘩地撒着沉重的漁網；他們把很大的「頂針」套在手掌上，用力地縫一塊很厚的帆布，他們把粗壯的手指放在嘴裡吮着，然後舉到頭邊，來測定海風的方向。他們的談話又緊張又熱鬧，他們談着天后宮前的社戲，玉皇頂上的梨花，他們談着幾天前的暴風雨……這時我的心就狂跳起來了，我的嘴裡模擬着悍勇的呼號，兩手緊握得出了熱汗，身子緊張得從沙灘上站了起來……

我回憶中的景色：風晨，月夕，雪地，星空，像萬花筒一般，瞬息千變；和這些景色相配合的我的幻想活動，也像一齣齣不同的戲劇，日夜不停地在上演着。但是每一齣戲都是在同一的，以高山大海為背景的舞台上演出的。這個舞台，絕頂靜寂，無邊遼闊，我既是演員，又是劇作者。我雖然單身獨自，我卻感到無限的歡暢與自由。

這些往事，再說下去，是永遠說不完的，而且我所要說的並不是這些。我是說，每一個人都有他自己的童年往事，快樂也好，辛酸也好，對於他都是心動神移的最深刻的記憶。我恰巧是從小親近了海，愛戀了海，而別的人就親近愛戀了別的景物，他們說起來寫起來也不免會「一往情深」的。其實，具體來說，愛海也罷，愛別的東西也罷，都愛的是我們自

己的土地，我們自己的人民！就說愛海，我們愛的決不是任何一片四望無邊的海。每一處海邊，都有她自己的沙灘，自己的岩石，自己的樹木，自己的村莊，來構成她自己獨特的、使人愛戀的「性格」。她的沙灘和岩石，確定了地理的範圍，她的樹木和村莊，標誌着人民的勞動。她的性格裡面，有和我們血肉相連的歷史文化、習慣風俗。她是屬於我們的，我們是屬於她的，她孕育了我們，培養了我們；我們依戀她，保衛她，我們願她幸福繁榮，我們決不忍受人家對她的欺凌侵略。就是這種強烈沉摯的感情，鼓舞了我們寫出多少美麗雄壯的詩文，做出多少空前偉大的事業，這些例子，古今中外，還用得着列舉嗎？

還有，我愛了童年的「海」，是否就不愛大連灣和廣州灣了呢？決不是的。我長大了，海也擴大了，她們也還是我們自己的海！至於日本海和地中海 —— 當我見到參加反對美軍基地運動的日本內灘的兒童、參加反抗英法侵略戰爭的阿聯塞得港的兒童的時候，我拉着他們溫熱的小手，望着他們背後蔚藍的大海，童年的海戀，怒潮似的湧上心頭。多麼可愛的日本和阿聯的兒童，多麼可愛的日本海和地中海呵！

一九六二年九月十八夜，北京。

【注釋】

〔1〕 亙：空間或時間上延續不斷。綿亙數十里。亙古及今。

【賞析】

　　冰心對大海有着無限的情意。說到海,她「永遠說不完」。她愛海,是和愛祖國愛人民緊密聯繫的,因「她是屬於我們的,我們是屬於她的,她孕育了我們,培養了我們」,所以「我們依戀她,保衛她」。同時,愛海也是同國際主義精神相聯繫的,「我長大了,海也擴大了」,不僅愛祖國的大連灣、廣州灣,也覺得日本海、地中海多麼可愛!看到日本內灘、阿聯塞得港的兒童參加反帝鬥爭,「望着他們背後蔚藍的大海,童年的海戀,怒潮似的湧上心頭」。

　　本文描繪的是她童年時的那片海,是她「異樣地熟識」、「童年的遊伴」。冰心描寫自然景色,往往以秀筆着淡色:從右邊到左邊,從近處到遠處,屏障似的連綿不斷的南山,圍抱過來的丘陵,一層一層的麥地,平坦無際的沙灘,橫亘南北的大海。層次清晰,色彩分明,畫面寬闊而又雅緻。再看作者回憶中的景色:冬天,大地一片枯黃,海水是灰藍的;春天,青草給南山披上新裝,村舍頂上偶爾露上兩樹桃花,海水蕩漾着翠綠的波浪……她捕捉了四時變化中的絢麗的景象,卻沒有濃艷的色彩點染,沒有着意的雕飾,卻勾勒出一幅清雋的水墨畫,體現出淡雅的藝術風格,給人以美的感受。

　　冰心在描寫自然景色的文字裡充分地表現出她的抒情詩意美。在清晨,「金盆似的朝日,從深黑色、淺灰色、魚肚白色的雲層裡,忽然湧了上來;這時,太空轟鳴,濃金潑滿了海面,染透了諸天」。在黃昏「銀盤似的月亮,顫巍巍地捧出了水平,海面變成一道道一層層的,由濃墨而銀灰,漸漸地漾成閃爍光明的一片」。這描繪的是童年時眼裡的那片海,抒發的是心中對海的深情,景物的描寫,感情的抒發巧妙地融合在一起,創造出一種情景交融,詩意盎然的雋永意境。《海戀》較集中地體現了冰心的創作風格和藝術特色。

我的故鄉

【題解】

　　《我的故鄉》、《我的童年》、《我到了北京》、《我入了貝滿中齋》是冰心一九七九年二月開始撰寫的自傳性長篇回憶錄的前四篇。她以回憶錄的形式，追憶自己的生活經歷、創作道路以及社會活動，同時生動地描寫了她所熟悉的各種人物的人生際遇、精神風貌，形象地勾勒出不同時期的歷史背景。因此這幾篇回憶錄具有文獻資料的性質。後來她在《中國作家》上連續發表了「關於男人」的系列散文，如《我的老師管葉羽》和《我的老伴 —— 吳文藻》也都是回憶錄性質的文章，進一步補充了她後期的生活經歷，同樣具有重要的史料價值。

　　本書選的這四篇，是關於故鄉、童年、少年、青年時代的回憶。時間跨度大，從十九世紀到二十世紀的二十年代。地區變化多，從「東南山國」的福建，到黃浦江畔的上海；從山東半島的煙台，到政治中心的北京。涉及的歷史事件多：北洋水師的建立，甲午海戰的失敗，同盟會的秘密活動，辛亥革命的爆發，日本陰謀滅亡中國的二十一條，張勳復辟帝制等等。讀者從她的具體描述中，可以窺見那個特定年代社會生活的一些側面。歷史氣氛濃鬱，知識性強。

【文本】

　　我生於一九○○年十月五日（農曆庚子年閏八月十二日），七個月後我就離開了故鄉──福建福州。但福州在我的心裡，永遠是我的故鄉，因為它是我的父母之鄉。我從父母親口裡聽到的極其瑣碎而又極其親切動人的故事，都是以福州為背景的。

　　我母親說：我出生在福州城內的隆普營。這所祖父租來的房子裡，住着我們的大家庭，院裡有一個池子，那時福州常發大水，水大的時候，池子裡的金魚都游到我們的屋裡來。

　　我的祖父謝子修（鑾恩）老先生，是個教書匠，在城內的道南祠授徒為業。他是我們謝家第一個讀書識字的人。我記得在我十一歲那年（一九一一年），從山東煙台回到福州的時候，在祖父的書架上，看到薄薄的一本套紅印的家譜。第一位祖先是昌武公，以下是順雲公、以達公，然後就是我的祖父。上面彷彿還講我們謝家是從江西遷來的，是晉朝謝安的後裔。但是在一個清靜的冬夜，祖父和我獨對的時候，他忽然摸着我的頭說：「你是我們謝家第一個正式上學讀書的女孩子，你一定要好好地讀呵。」說到這裡，他就源源本本地講起了我們貧寒的家世！原來我的曾祖父以達公，是福建長樂縣橫嶺鄉的一個貧農，因為天災，逃到了福州城裡學做裁縫。這和我們現在遍佈全球的第一代華人一樣，都是為祖國的天災人禍所迫，飄洋過海，靠着不用資本的三把刀，剪刀（成衣業）、廚刀（飯館業）、剃刀（理髮業）起家的，不過我的曾祖父還沒有逃得那麼遠！

　　那時做裁縫的是一年三節，即春節、端午節、中秋節，才可以到人家去要帳。這一年的春節，曾祖父到人家要錢的時候，因為不認得字，被人家賴了帳，他兩手空空垂頭喪氣地回到家裡，等米下鍋的曾祖母聽到這不幸的消息，沉默了一會，就含淚走了出去，半天沒有進來。曾祖父出去

看時，原來她已在牆角的樹上自縊了！他連忙把她解救了下來，兩人抱頭大哭；這一對年輕的農民，在寒風中跪下對天立誓：將來如蒙天賜一個兒子，拚死拚活，也要讓他讀書識字，替父親記帳、要帳。但是從那以後我的曾祖母卻一連生了四個女兒，第五胎才來了一個男的，還是難產。這個難得出生的男孩，就是我的祖父謝子修先生，乳名「大德」的。

這段故事，給我的印象極深，我的感觸也極大！假如我的祖父是一棵大樹，他的第二代就是樹枝，我們就都是枝上的密葉；葉落歸根，而我們的根，是深深地扎在福建橫嶺鄉的田地裡的。我並不是「烏衣門第」出身，而是一個不識字、受欺凌的農民裁縫的後代。曾祖父的四個女兒，我的祖姑母們，僅僅因為她們是女孩子，就被剝奪了讀書識字的權利！當我把這段意外的故事，告訴我的一個堂哥哥的時候，他卻很不高興地問我是聽誰說的？當我告訴他這是祖父親口對我講的時候，他半天不言語，過了一會才悄悄地吩咐我，不要把這段故事再講給別人聽。當下，我對他的「忘本」和「輕農」就感到極大的不滿！從那時起，我就不再遵守我們謝家寫籍貫的習慣。我寫在任何表格上的籍貫，不再是祖父「進學」地點的「福建閩侯」，而是「福建長樂」，以此來表示我的不同意見！

我這一輩子，到今日為止，在福州不過前後呆了兩年多，更不用說長樂縣的橫嶺鄉了。但是我記得在一九一一年到一九一二年之間我們在福州的時候，橫嶺鄉有幾位父老，來邀我的父親回去一趟。他們說橫嶺鄉小，總是受人欺侮，如今族裡出了一個軍官，應該帶幾個兵勇回去誇耀誇耀。父親恭敬地說：他可以回去祭祖，但是他沒有兵，也不可能帶兵去。我還記得父老們送給父親一個紅紙包的見面禮，那是一百個銀角子，合起值十個銀元。父親把這一個紅紙包退回了，只跟父老們到橫嶺鄉去祭了祖。一九二〇年前後，我在北京《晨報》寫過一篇叫做《還鄉》的短篇小說，就講的是這個故事。現在這張剪報也找不到了。

從祖父和父親的談話裡，我得知橫嶺鄉是極其窮苦的。農民世世代代在田地上辛勤勞動，過着蒙昧貧困的生活，只有被賣去當「戲子」，才能逃出本土。當我看到那包由一百個銀角子湊成的「見面禮」時，我聯想到我所熟悉的山東煙台東山金鈎寨的窮苦農民來，我心裡湧上了一股説不出來難過的滋味！

我很愛我的祖父，他也特別的愛我，一來因為我不常在家，二來因為我雖然常去看書，卻從來沒有翻亂他的書籍，看完了也完整地放回原處。一九一一年我回到福州的時候，我是時刻圍繞在他的身邊轉的。那時我們的家是住在「福州城內南後街楊橋巷口萬興桶石店後」。這個住址，現在我寫起來還非常地熟悉、親切，因為自從我會寫字起，我的父母親就時常督促我給祖父寫信，信封也要我自己寫。這所房子很大，住着我們大家庭的四房人。祖父和我們這一房，就住在大廳堂的兩邊，我們這邊的前後房，住着我們一家六口，祖父的前、後房，只有他一個人和滿屋滿架的書，那裡成了我的樂園，我一得空就鑽進去翻書看。我所看過的書，給我的印象最深的是清袁枚（子才）的筆記小説《子不語》，還有我祖父的老友林紓（琴南）老先生翻譯的線裝的法國名著《茶花女遺事》。這是我以後竭力搜求「林譯小説」的開始，也可以説是我追求閱讀西方文學作品的開始。

我們這所房子，有好幾個院子，但它不像北方的「四合院」的院子，只是在一排或一進屋子的前面，有一個長方形的「天井」，每個「天井」裡都有一口井，這幾乎是福州房子的特點。這所大房裡，除了住人的以外，就是客室和書房。幾乎所有的廳堂和客室、書房的柱子上牆壁上都貼着或掛着書畫。正房大廳的柱子上有紅紙寫的很長的對聯，我只記得上聯的末一句，是「江左風流推謝傅」，這又是對晉朝謝太傅攀龍附鳳之作，我就不屑於記它！但這些掛幅中的確有許多很好很值得記憶的，如我的伯

叔父母居住的東院廳堂的楹聯，就是：

> 海闊天高氣象
> 風光月霽襟懷

又如西院客室樓上有祖父自己寫的：

> 知足知不足
> 有為有弗為

這兩副對聯，對我的思想教育極深。祖父自己寫的橫幅，更是到處都有。我只記得有在道南祠種花詩中的兩句：

> 花花相對葉相當
> 紅紫青藍白綠黃

在西院紫藤書屋的過道裡還有我的外叔祖父楊維寶（頌岩）老先生送給我祖父的一副對聯是：

> 有子才如不羈馬
> 知君身是後凋松

那幾個字寫得既圓潤又有力！我很喜歡這一副對子，因為「不羈馬」誇獎了他的侄婿，我的父親，「後凋松」就稱讚了他的老友，我的祖父！

從「不羈馬」應當說到我的父親謝葆璋（鏡如）了。他是我祖父的

第三個兒子。我的兩個伯父，都繼承了我祖父的職業，做了教書匠。在我父親十七歲那年，正好祖父的朋友嚴復（幼陵）老先生，回到福州來招海軍學生，他看見了我的父親，認為這個青年可以「投筆從戎」，就給我父親出了一道詩題，是「月到中秋分外明」，還有一道八股的破題。父親都做出來了。在一個窮教書匠的家裡，能夠有一個孩子去當「兵」領餉，也還是一件好事，於是我的父親就穿上一件用伯父們的兩件長衫和半斤棉花縫成的棉袍，跟着嚴老先生到天津紫竹林的水師學堂，去當了一名駕駛生。

父親大概沒有在英國留過學，但是作為一名巡洋艦上的青年軍官，他到過好幾個國家，如英國、日本。我記得他曾氣憤地對我們説：「那時堂堂一個中國，竟連一首國歌都沒有！我們到英國去接收我們中國購買的軍艦，在舉行接收典禮儀式時，他們竟奏一首《媽媽好糊塗》的民歌調子，作為中國的國歌，你看！」

甲午中日海戰之役，父親是「威遠」艦上的槍炮二副，參加了海戰。這艘軍艦後來在威海衛被擊沉了。父親泅到劉公島，從那裡又回到了福州。

我的母親常常對我談到那一段憂心如焚的生活。我的母親楊福慈，十四歲時她的父母就相繼去世，跟着她的叔父頌岩先生過活，十九歲嫁到了謝家。她的婚姻是在她九歲時由我的祖父和外祖父做詩談文時説定的。結婚後小夫妻感情極好，因為我父親長期在海上生活，「會少離多」，因此他們通信很勤，唱和的詩也不少。我只記得父親寫的一首七絕中的三句：

　　　　　ⅩⅩⅩⅩⅩⅩⅩ，
　　　　此身何事學牽牛。

燕山閩海遙相隔，

會少離多不自由。

甲午海戰爆發後，因為海軍裡福州人很多，陣亡的也不少，因此我們住的這條街上，今天是這家糊上了白紙的門聯，明天又是那家糊上白紙門聯。母親感到這副白紙門聯，總有一天會糊到我們家的門上！她悄悄地買了一盒鴉片煙膏，藏在身上，準備一旦得到父親陣亡的消息，她就服毒自盡。祖父看到了母親沉默而悲哀的神情，就讓我的兩個堂姐姐，日夜守在母親身旁。家裡有人還到廟裡去替我母親求籤，籤上的話是：

筵巳散，

堂中寂寞恐難堪，

若要重歡，

除是一輪月上。

母親半信半疑地把籤紙收了起來。過了些日子，果然在一個明月當空的夜晚，聽到有人敲門，母親急忙去開門時，月光下看見了輾轉歸來的父親！母親說：「那時你父親的臉，才有兩個指頭那麼寬！」

從那時起，這一對年輕夫妻，在會少離多的六七年之後，才廝守了幾個月。那時母親和她的三個妯娌，每人十天替大家庭輪流做飯，父親便幫母親劈柴、生火、打水，做個下手。不久，海軍名宿薩鼎銘（鎮冰）將軍，就來了一封電報，把我父親召出去了。

一九一二年，我在福州時期，考上了福州女子師範學校預科，第一次過起了學校生活。頭幾天我還很不慣，偷偷地流過許久眼淚，但我

從來沒有對任何人說過，怕大家庭裡那些本來就不贊成女孩子上學的長輩們，會出來勸我輟學！但我很快地就交上了許多要好的同學。至今我還能順老師上班點名的次序，背誦出十幾個同學的名字。福州女師的地址，是在城內的花巷，是一所很大的舊家第宅，我記得我們課堂邊有一個小池子，池邊種着芭蕉。學校裡還有一口很大的池塘，池上還有一道石橋，連接在兩處亭館之間。我們的校長是黃花崗七十二烈士中之一的方聲洞先生的姐姐方君瑛女士。我們的作文老師是林步瀛先生。在我快離開女師的時候，還來了一位教體操的日本女教師，姓石井的，她的名字我不記得了。我在這所學校只讀了三個學期，中華民國成立後，海軍部長黃鍾瑛（贊侯）又來了一封電報，把父親召出去了。不久，我們全家就到了北京。

我對於故鄉的回憶，只能寫到這裡，十幾年來，我還沒有這樣地暢快揮寫過！我的回憶像初融的春水，湧溢奔流。十幾年來，睡眠也少了，「曉枕心氣清」，這些回憶總是使人歡喜而又惆悵地在我心頭反覆湧現。這一幕一幕的圖畫或文字，都是我的弟弟們沒有看過或聽過的，即使他們看過聽過，他們也不會記得懂得的，更不用說我的第二代第三代了。我有時想如果不把這些寫記下來，將來這些圖文就會和我的刻着印象的頭腦一起消失。這是否可惜呢？但我同時又想，這些都是關於個人的東西，不留下或被忘卻也許更好。這兩種想法在我心裡矛盾了許多年。

一九三六年冬，我在英國的倫敦，應英國女作家弗吉尼亞・沃爾夫（Virginia Woolf）之約，到她家喝茶。我們從倫敦的霧，中國和英國的小說、詩歌，一直談到當時英國的英王退位和中國的西安事變。她忽然對我說：「你應該寫一本自傳。」我搖頭笑說：「我們中國人沒有寫自傳的風習，而且關於我自己也沒有什麼可寫的。」她說：「我倒不是要你寫自己，而是要你把自己作為線索，把當地的一些社會現象貫穿起來，即使是關於

個人的一些事情，也可作為後人參考的史料。」我當時沒有說什麼，談鋒又轉到別處去了。

事情過去四十三年了，今天回想起來，覺得她的話也有些道理。「思想再解放一點」，我就把這些在我腦子裡反覆呈現的圖畫和文字，奔放自由地寫在紙上。

記得在半個世紀之前，在我寫《往事》（之一）的時候，曾在上面寫過這麼幾句話：

　　　索性憑着深刻的印象
　　　　將這些往事
　　　　移在白紙上罷──
　　　再回憶時
　　　　不向心版上搜索了！

這幾句話，現在還是可以應用的。把這些圖畫和文字，移在白紙上之後，我心裡的確輕鬆多了！

一九七九年二月十一日

【賞析】

見第 128 頁。

我的童年

【題解】

見第 95 頁。

【文本】

我生下來七個月，也就是一九○一年的五月，就離開我的故鄉福州，到了上海。

那時我的父親是「海圻」巡洋艦的副艦長，艦長是薩鎮冰先生。巡洋艦「海」字號的共有四艘，就是「海圻」、「海籌」、「海琛」、「海容」，這幾艘軍艦我都跟着父親上去過。聽說還有一艘叫做「海天」的，因為艦長駕駛失誤，觸礁沉沒了。

上海是個大港口，巡洋艦無論開到哪裡，都要經過這裡停泊幾天，因此我們這一家便搬到上海來，住在上海的昌壽里。這昌壽里是在上海的哪一區，我就不知道了，但是母親所講的關於我很小時候的故事，例如我

寫在《寄小讀者・通訊十》裡面的一些，就都是以昌壽里為背景的。我關於上海的記憶，只有兩張相片作為根據，一張是父親自己照的：年輕的母親穿着沿着闊邊的衣褲，坐在一張有床架和帳楣的床邊上，腳下還擺着一個腳爐，我就站在她的身旁，頭上是一頂青絨的帽子，身上是一件深色的棉袍。父親很喜歡玩些新鮮的東西，例如照相，我記得他的那個照相機，就有現在衛生員揹的藥箱那麼大！他還有許多沖洗相片的器具，至今我還保存有一個玻璃的漏斗，就是洗相片用的器具之一。另一張相片是在照相館照的，我的祖父和老姨太坐在茶几的兩邊，茶几上擺着花盆、蓋碗茶杯和水煙筒，祖父穿着夏天的衣衫，手裡拿着扇子；老姨太穿着沿着闊邊的上衣，下面是青紗裙子。我自己坐在他們中間茶几前面的一張小椅子上，頭上梳着兩個丫角，身上穿的是淺色衣褲，兩手按在膝頭，手腕和腳踝上都戴有銀鐲子，看樣子不過有兩三歲，至少是會走了吧。

父親四歲喪母，祖父一直沒有再續弦，這位老姨太大概是祖父老了以後才娶的。我在一九一一年回到福州時，也沒有聽見家裡人談到她的事，可見她在我們家裡的時間是很短暫的，記得我們住在山東煙台的時期內，祖父來信中提到老姨太病故了。當我們後來拿起這張相片談起她時，母親就誇她的活計好，她說上海夏天很熱，可是老姨太總不讓我光着膀子，說我背上的那塊藍「記」是我的前生父母給塗上的，讓他們看見了就來討人了。她又知道我母親不喜歡紅紅綠綠的，就給我做白洋紗的衣褲或背心，沿着黑色烤綢的邊，看去既涼爽又醒目，母親說她太費心了，她說費事倒沒有什麼，就是太素淡了。的確，我母親不喜歡濃艷的顏色，我又因為從小男裝，所以我從來沒有紮過紅頭繩。現在，這兩張相片也找不到了。

在上海那兩三年中，父親隔幾個月就可以回來一次。母親談到夏天夜裡，父親有時和她坐馬車到黃浦灘上去兜風，她認為那是她在福州時所

想望不到的。但是父親回到家來，很少在白天出去探親訪友，因為艦長薩鎮冰先生說不定什麼時候就會派水手來叫他。薩鎮冰先生是父親在海軍中最敬仰的上級，總是親暱地稱他為「薩統」。（「統」就是「統領」的意思，我想這也和現在人稱的「朱總」、「彭總」、「賀總」差不多。）我對薩統的印象也極深。記得有一次，我拉着一個來召喚我父親的水手，不讓他走，他笑說：「不行，不走要打屁股的！」我問：「誰叫打？用什麼打？」他說：「軍官叫打就打，用繩子打，打起來就是『一打』，『一打』就是十二下。」我說：「繩子打不疼吧？」他用手指比劃着說：「喝！你試試看，我們船上用的繩索粗着呢，浸透了水，打起來比棒子還疼呢！」我着急地問：「我父親若不回去，薩統會打他吧？」他搖頭笑說：「不會的，當官的頂多也就記一個過。薩統很少打人，你父親也不打人，打起來也只打『半打』，還叫用乾索子。」我問：「那就不疼了吧？」他說：「那就好多了……」這時父親已換好軍裝出來，他就笑着跟在後面走了。

大概就在這個時候，母親生了一個妹妹，不幾天就夭折了。頭幾天我還搬過一張櫈子，爬上床上去親她的小臉，後來床上就沒有她了。我問妹妹哪裡去了，祖父說妹妹逛大馬路去了，但她始終就沒有回來！

一九〇三至一九〇四年之間，父親奉命到山東煙台去創辦海軍軍官學校。我們搬到煙台，祖父和老姨太又回到福州去了。

我們到了煙台，先住在市內的海軍採辦廳，所長葉茂蕃先生讓出一間北屋給我們住。南屋是一排三間的客廳，就成了父親會客和辦公的地方。我記得這客廳裡有一副長聯是：

此地有崇山峻嶺茂林修竹
是能讀三墳五典八索九丘

我提到這一副對聯，因為這是我開始識字的一本課文！父親那時正忙於擬定籌建海軍學校的方案，而我卻時刻纏在他的身邊，説這問那，他就停下筆指着那副牆上的對聯説：「你也學着認認字好不好？你看那對子上的山、竹、三、五、八、九這幾個字不都很容易認嗎？」於是我就也拿起一支筆，坐在父親的身旁一邊學認一邊學寫，就這樣，我把對聯上的二十二個字都會唸會寫了，雖然直到現在我還不知道這「三墳五典八索九丘」究竟是哪幾本古書。

不久，我們又搬到煙台東山北坡上的一所海軍醫院去寄居。這時來幫我父親做文書工作的，我的舅舅楊子敬先生，也把家從福州搬來了，我們兩家就住在這所醫院的三間正房裡。

這所醫院是在陡坡上坐南朝北蓋的，正房比較陰冷，但是從廊上東望就看見了大海！從這一天起，大海就在我的思想感情上佔了一個極其重要的位置。我常常心裡想着它，嘴裡談着它，筆下寫着它；尤其是三年前的十幾年裡，當我憂從中來，無可告語的時候，我一想到大海，我的心胸就開闊了起來，寧靜了下去！一九二四年我在美國養病的時候，曾寫信到國內請人寫一副「集龔」的對聯，是：

世事滄桑心事定
胸中海嶽夢中飛

謝天謝地，因為這副很短小的對聯，當時是捲起壓在一隻大書箱的箱底的，「四人幫」橫行，我家被抄的時候，它竟沒有和我其他珍藏的字畫一起被抄走！

現在再回來説這所海軍醫院。它的東廂房是病房，西廂房是診室，有一位姓李的老大夫，病人不多。門房裡還住着一位修理槍枝的師傅，大概

是退伍軍人吧！我常常去蹲在他的炭爐旁邊，和他攀談。西廂房的後面有個大院子，有許多花果樹，還種着滿地的花，還養着好幾箱的蜜蜂，花放時熱鬧得很。我就因為常去摘花，被蜜蜂螫了好幾次，每次都是那位老大夫給我上的藥，他還告誡我：花是蜜蜂的糧食，好孩子是不搶人的糧食的。

這時，認字讀書已成了我的日課，母親和舅舅都是我的老師，母親教我認「字片」，舅舅教我的課本，是商務印書館的國文教科書第一冊，從「天地日月」學起。有了海和山作我的活動場地，我對於認字，就沒有了興趣，我在一九三二年寫的《冰心全集》自序中，曾有過這一段，就是以海軍醫院為背景的：

> ……有一次母親關我在屋裡，叫我認字，我卻掙扎着要出去。父親便在外面，用馬鞭子重重地敲着堂屋的桌子，嚇唬我，可是從未打到我的頭上的馬鞭子，也從未把我愛跑的癖氣嚇唬回去……

不久，我們又翻過山坡，搬到東山東邊的海軍練營旁邊新蓋好的房子裡。這座房子蓋在山坡挖出來的一塊平地上，是個四合院，住着籌備海軍學校的職員們。這座練營裡已住進了一批新招來的海軍學生，但也住有一營（？）的練勇（大概那時父親也兼任練營的營長）。我常常跑到營口門去和站崗的練勇談話。他們不像兵艦上的水兵那樣穿白色軍裝。他們的軍裝是藍布包頭，身上穿的也是藍色衣褲，胸前有白線繡的「海軍練勇」字樣。當我跟着父親走到營門口，他們舉槍立正之後，父親進去了就揮手叫我回來。我等父親走遠了，卻拉那位練勇蹲了下來，一面摸他的槍，一面問：「你也打過海戰吧？」他搖頭說：「沒有。」我說：「我父親就打過，可是他打輸了！」他站了起來，扛起槍，用手拍着槍托子，說：「我

知道，你父親打仗的時候，我還沒當兵呢。你等着，總有一天你的父親還會帶我們去打仗，我們一定要打個勝仗，你信不信？」這幾句帶着很濃厚山東口音的誓言，一直在我的耳邊迴響着！

回想起來，住在海軍練營旁邊的時候，是我在煙台八年之中，離海最近的一段。這房子北面的山坡上，有一座旗台，是和海上軍艦通旗語的地方。旗台的西邊有一條山坡路通到海邊的炮台，炮台上裝有三門大炮，炮台下面的地下室裡還有幾個魚雷，說是「海天」艦沉後撈上來的。這裡還駐有一支穿白衣軍裝的軍樂隊，我常常跟父親去聽他們演習，我非常尊敬而且羨慕那位樂隊指揮！炮台的西邊有一個小碼頭。父親的艦長朋友們來接送他的小汽艇，就是停泊在這碼頭邊上的。

寫到這裡，我覺得我漸漸地進入了角色！這營房、旗台、炮台、碼頭，和周圍的海邊山上，是我童年初期活動的舞台。我在一九六二年九月十八日夜曾寫過一篇叫做《海戀》的散文，裡面有：

> ……我童年活動的舞台上，從不更換的佈景……在清晨，我看見金盆似的朝日，從深黑色、淺灰色、魚肚白色的雲層裡，忽然湧了上來；這時，太空轟鳴，濃金潑滿了海面，染透了諸天……在黃昏，我看見銀盤似的月亮，顫巍巍地捧出了水平，海面變成一道道一層層的，由濃墨而銀灰，漸漸地漾成閃爍光明的一片……這個舞台，絕頂靜寂，無邊遼闊，我既是演員，又是劇作者。我雖然單身獨自，我卻感到無限的歡暢與自由。

就在這個期間，一九〇六年，我的大弟謝為涵出世了。他比我小得多，在家塾裡的表哥哥和堂哥哥們又比我大得多；他們和我玩不到一塊

兒，這就造成了我在山巔水涯獨往獨來的性格。這時我和父親同在的時間特別多。白天我開始在家塾裡附學，唸一點書，學作一些短句子，放了學父親也從營裡回來，他就教我打槍、騎馬、划船，夜裡就指點我看星星。逢年過節，他也帶我到煙台市上去，參加天后宮裡海軍軍人的聚會演戲，或到玉皇頂去看梨花，到張裕釀酒公司的葡萄園裡去吃葡萄，更多的時候，就是帶我到進港的軍艦上去看朋友。

一九〇八年，我的二弟謝為杰出世了，我們又搬到海軍學校後面的新房子裡來。

這所房子有東西兩個院子，西院一排五間是我們和舅舅一家合住的。我們住的一邊，父親又在盡東頭面海的一間屋子上添蓋了一間樓房，上樓就望見大海。我在《海戀》中有過這麼一段描寫，就是在這樓上所望見的一切：

> ……右邊是一座屏幛似的連綿不斷的南山，左邊是一帶圍抱過來的丘陵，土坡上是一層一層的麥地，前面是平坦無際的淡黃的沙灘。在沙灘與我之間，有一簇依山上下高低不齊的農舍，親熱地偎倚成一個小小的村落。在廣闊的沙灘前面，就是那片大海！這大海橫亘南北，佈滿東方的天邊，天邊有幾筆淡墨畫成的海島，那就是芝罘島，島上有一座燈塔……

在這時期，我上學的時間長了，看書的時間也多了，主要還是因為離海遠些了，父親也忙些了，我好些日子才到海灘上去一次，我記得這海灘上有一座小小的龍王廟，廟門上的對聯是：

> 羣生被澤
> 四海安瀾

因為少到海灘上去，那間望海的樓房就成了我常去的地方。這房間算是客房，但是客人很少來往，父親和母親想要習靜的時候就到那裡去。我最喜歡在風雨之夜，倚闌凝望那燈塔上的一停一射的強光，它永遠給我以無限的溫暖快慰的感覺！

這時，我們家塾裡來了一位女同學，也是我的第一個女伴，她是父親同事李毓丞先生的女兒名叫李梅修的，她比我只大兩歲，母親說她比我穩靜得多。她的書桌和我的擺在一起，我們十分要好。這時，我開始學會了「過家家」，我們輪流在自己「家」裡「做飯」，互相邀請，吃些小糖小餅之類。一九一一年，我們在福州的時候，父親得到李伯伯從上海的來信，說是李梅修病故了，我們都很難過，我還寫了一篇「祭亡友李梅修文」寄到上海去。

我和李梅修談話或做遊戲的地方，就在樓房的廊上，一來可以免受表哥哥和堂哥哥們的干擾，二來可以賞玩海景和園景。從樓廊上往前看是大海，往下看就是東院那個客廳和書齋的五彩繽紛的大院子。父親公餘喜歡栽樹種花，這院子裡種有許多果樹和各種的花。花畦是父親自己畫的種種幾何形的圖案，花徑是從海灘上挑來的大卵石鋪成的，我們清晨起來，常常在這裡活動。我記得我的小舅舅楊子玉先生，他是我的外叔祖父楊頌岩老先生的兒子，那時正在唐山路礦學堂肄業，夏天就到我們這裡來度假。他從煙台回校後，曾寄來一首長詩，頭幾句我忘了，後幾句是：

…………
…………

憶昔夏日來芝罘
照眼繁花簇小樓
清晨微步愜情賞
向晚瓊筵勤勸酬

歡娛苦短不逾月

別來倏忽驚殘秋

花自凋零吾不見

共憐福分幾生修

　　小舅舅是我們這一代最歡迎的人，他最會講故事，講得有聲有色。他有時講吊死鬼的故事來嚇唬我們，但是他講得更多的是民族意識很濃厚的故事，什麼洪承疇賣國啦，林則徐燒鴉片啦等等，都講得慷慨淋漓，我們聽過了往往興奮得睡不着覺！他還拉我的父親和父親的同事們組織賽詩會，就是：在開會時大家議定了題目，限了韻，各人分頭做詩，傳觀後評定等次，也預備了一些獎品，如扇子、箋紙之類。賽詩會總是晚上在我們書齋裡舉行，我們都坐在一邊旁聽。現在我只記得父親做的《詠蟋蟀》一首，還不完全：

庭前……正花黃

床下高吟際小陽

笑爾專尋同種鬥

爭來名譽亦何香

　　還有《詠茅屋》一首，也只記得兩句：

…………

…………

久處不須憂瓦解

雨餘還得草根香

我記住了這些句子，還是因為小舅舅和我父親開玩笑，説他做詩也解脱不了軍人的本色。父親也笑説：「詩言志嘛，我想到什麼就寫什麼，當然用詞趕不上你們那麼文雅了。」但是我體會到小舅舅的確很喜歡父親的「軍人本色」，我的舅舅們和父親以及父親的同事們在賽詩會後，往往還談到深夜。那時我們都睡覺去了，也不知道他們都談些什麼。

　　小舅舅每次來過暑假，都帶來一些書，有些書是不讓我們看的，愈是不讓看，我們就愈想看，哥哥們就慫恿我去偷，偷來看時，原來都是「天討」之類的「同盟會」的宣傳冊子。我們偷偷地看了之後，又偷偷地趕緊送回原處。

　　一九一○年我的三弟謝為楫出世了。就在這後不久，海軍學校發生了風潮！

　　大概在這一年之前，那時的海軍大臣載洵，到煙台海軍學校視察過一次，回到北京，便從北京貴冑學堂派來了二十名滿族學生，到海軍學校學習。在一九一一年的春季運動會上，為着爭奪一項錦標，一兩年中蘊積的滿漢學生之間的矛盾表面化了！這一場風潮鬧得很兇，北京就派來了一個調查員鄭汝成，來查辦這個案件。他也是父親的同學。他背地裡告訴父親，説是這幾年來一直有人在北京告我父親是「亂黨」，並舉海校學生中有許多同盟會員──其中就有薩鎮冰老先生的侄子（？）薩福昌……而且學校圖書室訂閱的，都是《民呼報》之類，替同盟會宣傳的報紙為證等等，他勸我父親立即辭職，免得落個「撤職查辦」。父親同意了，他的幾位同事也和他一起遞了辭呈。就在這一年的秋天，父親戀戀不捨地告別了他所創辦的海軍學校，和來送他的朋友、同事和學生，我也告別了我的耳鬢廝磨的大海，離開煙台，回到我的故鄉福州去了！

　　這裡，應該寫上一段至今回憶起來仍使我心潮澎湃的插曲。振奮人心的辛亥革命在這年的十月十日發生了！我們在回到福州的中途，在上海

虹口住了一個多月。我們每天都在搶着等着看報。報上以黎元洪將軍（他也是父親的同班同學，不過父親學的是駕駛，他學的是管輪。）署名從湖北武昌拍出的起義的電報（據說是饒漢祥先生的手筆），寫得慷慨激昂，篇末都是以「黎元洪泣血叩」收尾。這時大家都紛紛捐款勞軍，我記得我也把攢下的十塊壓歲錢，送到申報館去捐獻，收條的上款還寫有「幼女謝婉瑩君」字樣。我把這張小小的收條，珍藏了好多年，現在，它當然也和如水的年光一同消逝了！

一九七九年七月四日清晨

【賞析】

見第 128 頁。

我到了北京

【 題解 】

見第 95 頁。

【 文本 】

大概是在一九一三年初秋，我到了北京。

中華民國成立後，海軍部長黃鍾瑛打電報把我父親召到北京，來擔任海軍部軍學司長。父親自己先去到任，母親帶着我們姐弟四個，幾個月後才由舅舅護送着，來到北京。

實話說，我對北京的感情，是隨着居住的年月而增加的。我從海闊天空的煙台，山清水秀的福州，到了我從小從舅舅那裡聽到的腐朽破爛的清政府所在地 —— 北京，我是沒有企望和興奮的心情的。當輪船緩慢地駛進大沽口十八灣的時候，那渾黃的河水和淺淺的河灘，都給我以一種抑鬱煩躁的感覺。從天津到北京，一路上青少黃多的田畝，一望無際，也沒

有引起我的興趣！到了北京東車站，父親來接，我們坐上馬車，我眼前掠過的，就是高而厚的灰色的城牆，塵沙飛揚的黃土鋪成的大道，匆忙而又迂緩的行人和流汗的人力車夫的奔走，在我茫然漠然的心情之中，馬車已把我送到了一住十六年的「新居」北京東城鐵獅子胡同中剪子巷十四號。

這是一個不大的門面，就像天津出版社印的老舍先生的《四世同堂》的封面畫，是典型的北京中等人家的住宅。大門左邊的門框上，掛着黑底金字的「齊宅」牌子。進門右邊的兩扇門內，是房東齊家的住處。往左走過一個小小的長方形外院，從朝南的四扇門進去，是個不大的三合院，便是我們的「家」了。

這個三合院，北房三間，外面有廊子，裡面有帶磚炕的東西兩個套間。東西廂房各三間，都是兩明一暗，東廂房作了客廳和父親的書房，西廂房成了舅舅的居室和弟弟們讀書的地方。從北房廊前的東邊過去，還有個很小的院子，這裡有廚房和廚師父的屋子，後面有一個蹲坑的廁所。北屋後面西邊靠牆有一座極小的兩層「樓」，上面供的是財神，下面供的是狐仙！

我們住的北房，除東西套間外，那兩明一暗的正房，有玻璃後窗，還有雕花的「隔扇」，這隔扇上的小木框裡，都嵌着一幅畫或一首詩。這是我在煙台或福州的房子裡所沒有的裝飾，我很喜歡這個裝飾！框裡的畫，是水墨或彩色的花卉山水，詩就多半是我看過的《唐詩三百首》中的句子，也有的是我以後在前人詩集中找到的。其中只有一首，是我從來沒有遇見過的，那是一首七律：

　　　飄然高唱入層雲
　　　風急天高（？）忽斷聞
　　　難解亂絲唯勿理

善存餘焰不教焚
事當路口三叉誤
人便江頭九派分
今日始知吾左計
枉親書劍負耕耘

我覺得這首詩很有哲理意味。

我們在這院子裡住了十六年！這裡面堆積了許多我對於我們家和北京的最初的回憶。

我最初接觸的北京人，是我們的房東齊家。我們到的第二天，齊老太太就帶着她的四姑娘，過來拜訪。她稱我的父母親為「大叔」、「大嬸」，稱我們為姑娘和學生。（現在我會用「您」字，就是從她們學來的。）齊老太太常來請我母親到她家打牌，或出去聽戲。母親體弱，又不慣於這種應酬，婉言辭謝了幾次之後，她來的便少了。我倒是和她們去東安市場的吉祥園，聽了幾次戲，我還趕上了聽楊小樓先生演黃天霸的戲，戲名我忘了。我又從《汾河灣》那齣戲裡，第一次看到了梅蘭芳先生。

我常被領到齊家去，她們院裡也有三間北屋和東西各一間的廂房。屋裡生的是大的銅的煤球爐子，很暖。她家的客人很多，客人來了就打麻雀牌，抽紙煙。四姑娘也和他們一起打牌吸煙，她只不過比我大兩三歲！

齊家是旗人，他本來姓「祈」（後來我聽到一位給母親看病的滿族中醫講到，旗人有八個姓，就是童、關、馬、索、祈、富、安、郎。），到了民國，旗人多改漢姓，他們就姓了「齊」，他們家是老太太當權，齊老先生和他們的小腳兒媳，低頭出入，忙着幹活，很少説話。後來聽人説，這位齊老太太從前是一個王府的「奶子」，她攢下錢蓋的這所房子。我總覺得她和我們家門口大院西邊那所大宅的主人有關係。這所大宅子的前門

開在鐵獅子胡同，後門就在我們門口大院的西邊。常常有穿着鮮艷的旗袍和坎肩，梳着「兩把頭」，髻後有很長的「燕尾兒」，腳登高底鞋的貴婦人出來進去的。她們彼此見面，就不住地請安問好，寒暄半天，我遠遠看着覺得十分有趣。但這些貴婦人，從來沒有到齊家來過。

就這樣，我所接觸的只是我家院內外的一切，我的天地比從前的狹仄冷清多了，幸而我的父親是個不甘寂寞的人，他在小院裡砌上花台，下了「衙門」（北京人稱上班為上衙門！）便捲起袖子來種花。我們在外頭那個長方形的院子裡，還搭起一個葡萄架子，把從煙台寄來的葡萄秧子栽上。後來父親的花園漸漸擴大到大門以外，他在門口種了些野茉莉、蜀葵之類容易生長的花朵，還立起了一個鞦韆架。周圍的孩子就常來看花，打鞦韆，他們把這大院稱作「謝家大院」。

「謝家大院」是周圍的孩子們集會的地方，放風箏的、抖空竹的、跳繩踢毽子的、練自行車的……熱鬧得很。因此也常有「打糖鑼的」的擔子歇在那裡，鑼聲一響，弟弟們就都往外跑，我便也跟了出去。這擔子裡包羅萬象，有糖球、面具、風箏、刀槍等等，價錢也很便宜。這糖鑼擔子給我的印象很深！前幾年我認識一位麵人張，他捏了一尊壽星送我，我把這尊壽星送給一位英國朋友 —— 一位人類學者，我又特煩麵人張給我捏一副「打糖鑼的」的擔子，把它擺在我玻璃書架裡面，來鎖住我少年時代的一幅畫境。

總起來說，我初到北京的那一段生活，是陌生而乏味的。「山中歲月」、「海上心情」固然沒有了，而「輦下風光」我也沒有領略到多少！那時故宮、景山和北海等處，還都沒有開放，其他的名勝地區，我記得也沒有去過。只有一次和弟弟們由舅舅帶着逛了隆福寺市場，這對我也是一件新鮮事物！市場裡熙來攘往，萬頭攢動。櫛比鱗次的攤子上，賣什麼的都有，古董、衣服、吃的、用的五光十色；除了做買賣的，還有練武的、

變戲法的、說書的⋯⋯我們的注意力卻集中在玩具攤上！我記得最清楚的是棕人銅盤戲齣。這是一種紙糊的戲裝小人，最精彩的是武將，頭上插着翎毛，背後紮着四面小旗，全副盔甲，衣袍底下卻是一圈棕子。這些戲裝小人都放在一個大銅盤上。耍的人一敲那銅盤子，個個棕人都旋轉起來，刀來槍往，煞是好看。

父親到了北京以後，似乎消沉多了，他當然不會帶我上「衙門」，其他的地方，他也不愛去，因此我也很少出門。這一年裡我似乎長大了許多！因為這時圍繞着我的，不是那些堂的或表的姐妹弟兄，而只是三個比我小得多的弟弟，歲時節序，就顯得冷清許多。二來因為我追隨父親的機會少了，我自然而然地成了母親的女兒。我不但學會了替母親梳頭（母親那時已經感到臂腕痠痛），而且也分擔了一些家務，我才知道「過日子」是一件很操心、很不容易對付的事！這時我也常看母親訂閱的各種雜誌，如商務印書館出版的《婦女雜誌》，《小說月報》和《東方雜誌》等，我就是從《婦女雜誌》的文苑欄內，首先接觸到「詞」這種詩歌形式的。我的舅舅楊子敬先生做了弟弟們的塾師，他並沒有叫我參加學習，我白天幫母親做些家務，學些針黹，晚上就在堂屋的方桌邊，和三個弟弟各據一方，幫他們溫習功課。他們倦了就給他們講些故事，也領他們做些遊戲，如「老鷹抓小雞」之類，自己覺得儼然是個小先生了。

弟弟們睡覺以後，我自己孤單地坐着，聽到的不是高亢的軍號，而是牆外的悠長而淒清的叫賣「羊頭肉」或是「賽梨的蘿蔔」的聲音，再不就是一聲聲算命瞎子敲的小鑼，敲得人心頭打顫，使我彷徨而煩悶！

寫到這裡，我微微起了感喟。我的生命的列車，一直是沿着海岸飛馳，雖然山迴路轉，離開了空闊的海天，我還看到了柳暗花明的村落。而走到北京的最初一段，卻如同列車進入隧道，窗外黑糊糊的，車窗關上了，車廂裡電燈亮了，我的眼光收了回來，在一圈黃黃的燈影下，我仔細

端詳了車廂裡的人和物，也端詳了自己……

　　北京頭一年的時光，是我生命路上第一段短短的隧道，這種黑糊糊的隧道，以後當然也還有，而且更長，不過我已經長大成人了！

一九八一年六月十六日

【賞析】

　　見第 128 頁。

我入了貝滿中齋

【題解】

見第 95 頁。

【文本】

我在北京閑居了半年，家裡的大人們都沒有提起我入學的事，似乎大家都在努力適應這陌生而古老的環境。我忍耐不住了，就在一個夏天的晚上，向我的舅舅楊子敬先生提出我要上學。那時他除了在家裡教我的弟弟們讀書以外，也十分無聊，在生疏的北京，又不知道有什麼正當的娛樂場所，他就常到米市大街基督教青年會去看書報、打球，和青年會幹事們交上朋友（他還讓我的大弟謝為涵和他自己的兒子楊建辰到青年會夜校去讀英文）。當我舅舅向他的青年會幹事朋友打聽有什麼好的女子中學的時候，他們就介紹了離我們家最近的東城燈市口公理會的貝滿女子中學。

我的父母並不反對我入教會學校，因為我的二伯父謝葆璋（穆如）

先生，就在福州倉前山的英華書院教中文，那也是一所教會學校，二伯父的兒子，我的堂兄謝為樞，就在那裡讀書。彷彿除了教學和上學之外，並沒有勉強他們入教。英華書院的男女教師，都是傳教士，也到我們福州家裡來過。還因為在我上面有兩個哥哥，都是接生婆接的，她的接生器具沒有經過消毒，他們都得了臍帶瘋而夭折了。於是在我和三個弟弟出生的時候，父親就去請教會醫院的女醫生來接生。我還記得給我弟弟們接生的美國女醫生，身上穿的都是中國式的上衣和裙子，不過頭上戴着帽子，腳下穿着皮鞋。在弟弟們滿月以前，她們還自動來看望過，都是從山下走上來的。因此父母親對她們的印象很好。父親說：教會學校的教學是認真的，英文的口語也純正，你去上學也好。

於是在一九一四年的秋天，舅舅就帶我到貝滿女子中學去報名。

那時的貝滿女中是在燈市口公理會大院內西北角的一組曲尺形的樓房裡。在曲尺的轉折處，東南面的樓壁上，有橫寫的四個金字「貝滿中齋」——那時教會學校用的都是中國傳統的名稱：中學稱中齋，大學稱書院，小學稱蒙學。公理會就有培元蒙學（六年）、貝滿中齋（四年）、協和女子書院（四年），因為在通縣還有一所男子協和書院，女子書院才加上「女子」二字。這所貝滿中齋是美國人姓 Bridgeman 的捐款建立的，「貝滿」是 Bridgeman 的譯音——走上十級左右的台階，便進到樓道左邊的一間辦公室。有位中年的美國女教士，就是校長吧，把我領到一間課室裡，遞給我一道中文老師出的論說題目，是「學然後知不足」。這題目是我在家塾中做過的，於是我不費思索，一揮而就。校長斐教士十分驚奇嘆賞，對我舅舅說：「她可以插入一年級，明天就交費上學吧。」考試和入學的手續是那樣地簡單，真出乎我們意料之外，我是又高興而又不安。

第二天我就帶着一學期的學費（十六元）去上學了。到校後檢查書包，那十六元錢不見了，在校長室裡我窘得幾乎落下淚來。斐教士安慰我

說：「不要緊的，丟了就不必交了。」我說：「那不好，我明天一定來補交。」這時斐教士按了電鈴，對進來的一位老太太說：「叫陶玲來。」不久門外便進來一個二年級的同學 —— 一個能說會道、大大咧咧的滿族女孩子，也就是這個陶玲，一直叫我「小謝」，叫到了我八十二歲 —— 她把我帶進樓上的大課堂，這大堂上面有講台，下面有好幾排兩人同桌的座位，是全校學生自修和開會的地方。我被引到一年級的座位上坐下。這大堂裡坐着許多這時不上課的同學，都在低首用功，靜默得沒有一點聲息。上了一兩堂課，到了午飯時間，我仍是羞怯地坐在自己的座位上。同學們都走了，我也不敢自動跟了去。下午放了學，就趕緊抱起書包回家。上學的第一天就不順利，既丟了學費，又沒有吃到午飯，心裡十分抑鬱，回到家裡就哭了一場！

第二天我補交了學費。特意來送我上學的、我的二弟的奶娘，還找到學校傳達室那位老太太說了昨天我沒吃到午飯的事。她笑了，於是到了午飯時間，仍是那個愛說愛笑的齋二同學陶玲，帶我到樓下一個大餐廳的內間，那是走讀生們用飯的地方。伙食不錯，米飯，四菜一湯，算是「小竈」吧。這時外面大餐廳裡響起了「謝飯」的歌聲，住校的同學們幾乎都在那裡用飯。她們站着唱歌，唱完才坐下吃。吃的是饅頭、窩頭，飯菜也很簡單。

同學們慢慢地和我熟了，我發現她們幾乎都是基督教徒，從保定、通縣和北京或外省的公理會女子小學升上來的，也幾乎都是住校。她們都很拘謹、嚴肅，衣着都是藍衣青裙，十分樸素。剛上學的一個月，我感到很拘束，很鬱悶。聖經課對我本來是陌生的，那時候讀的又是《列王紀》，是猶太國古王朝的歷史，枯燥無味。算術學的又是代數，我在福州女子師範學校預科只學到加減乘除，中間缺了一大段。第一次月考，我只得六十二分，不及格！這「不及格」是從我讀書以來未曾有過的，給我

的刺激很大！我曾把它寫在《關於女人》中《我的教師》一段裡。這位教師是丁淑靜，她教過我歷史、地理、地質等課。但她不是我的代數教師，也沒有給我補過課，其他的描寫，還都是事實。以後在一九一五年的暑假裡，由培元蒙學的一位數學教師，給我補了這一段空白。但是其他課目，連聖經、英文我的分數幾乎都不在九十五分以下，作文老師還給過我一百加二十的分數。

慢慢地高班的同學們也和我熟了，女孩子究竟是女孩子，她們也很淘氣，很愛開玩笑。她們叫我「小碗兒」，因為學名是謝婉瑩；叫我「侉子」，因為我開始在班裡回答問題的時候，用的是道地的煙台話，教師聽不懂，就叫我在黑板上寫出答案。同學中間到了能開玩笑的地步，就表示出我們之間已經親密無間。我不但喜愛她們，也更學習她們的刻苦用功。我們用的課本，都是教會學校系統自己編的，大半是從英文課本翻譯過來的，比如在代數的習題裡就有「四開銀角」的名詞，我們都算不出來。直到一九二三年我到美國留學，用過 quarter，那是兩角五分的銀幣，一元錢的四分之一，中國沒有這種幣制。我們的歷史教科書，是從《資治通鑒》摘編的「鑒史輯要」。只有英文用的是商務印書館的課本，也是從 A Boy A Peach 開始，教師是美國人芬教士，她很年輕，剛從美國來，漢語不太嫻熟，常用簡單的英語和我們談笑，因此我們的英文進步得比較快。

我們每天上午除上課外，最後半小時還有一個聚會，多半是本校的中美教師或公理會的牧師來給我們「講道」。此外就是星期天的「查經班」，把校裡的非基督徒學生，不分班次地編在一起，在到公理會教堂做禮拜以前，由協和女子書院的校長麥教士，給我們講半小時的聖經故事。查經班和做大禮拜對我都是負擔，因為只有星期天我才能和父母親和弟弟們整天在一起，或幫母親做些家務，我就常常託故不去。但在查經班裡有許多我喜歡的同學，如齋二的陶玲、齋三的陳克俊等，我尤其喜歡陳

克俊。在貝滿中齋和以後在協和女子大學同學時期,我們常常一起參加表演,我在《關於女人》裡寫的《我的同學》,就是陳克俊。

在貝滿還有一個集體活動,是每星期三下午的「文學會」,是同學們練習演講辯論的集會。這會是在大課堂裡開的。講台上有主席,主持並宣告節目;還有書記,記錄開會過程;台下有記時員,她的桌上放一隻記時鐘,講話的人過了時間,她就叩鐘催她下台。節目有讀報、演說、辯論等。辯論是四個人來辯論一個題目,正反面各有兩人,交替着上台辯論。大會結束後,主席就請坐在台傍旁聽的教師講幾句評論的話。我開始非常害怕這個集會。第一次是讓我讀報,我走上台去,看見台下有上百對的眼睛盯着我看,我窘得急急忙忙地把那一段報讀完,就跑回位上去,用雙手把通紅的臉捂了起來,同學們都看着我笑。一年下來,我逐漸磨煉出來了,而且還喜歡有這個發表意見的機會。我覺得這訓練很好,使我以後在羣眾的場合,敢於從容地作即席發言。

我入學不久,就遇到貝滿中齋建校五十年的紀念,我是個小班學生,又是走讀,別的慶祝活動,我都沒有印象了。只記得那一天有許多來賓和校友來觀看我們班的體操表演。體育教師是一個美國人,她叫我們做下肢運動的口令是「左腳往左撇,回來!右腳往右撇,回來!」我們大家使勁忍着笑,把嘴唇都咬破了!

第一學年的下半季,一九一五年的一月日本軍國政府向袁世凱政府提出了滅亡中國的「二十一條」,五月七日又提出了「最後通牒」,那時袁世凱正密謀稱帝,想換取日帝對他的支持,在五月九日公然接受了日本的要求。這遭到了全國人民的強烈反對,各地掀起了大規模的討袁抗日愛國運動。我們也是羣情憤激,和全北京的學生在一起,衝出校門,由我們學生會的主席、齋四同學李德全帶領着,排隊遊行到了中央公園(現在的中山公園),在萬人如海的講台上,李德全同學慷慨陳詞,我記得她憤怒

地說：「別輕看我們中國人！我們四萬萬人一人一口唾沫，還會把日本兵淹死呢！」我們紛紛交上了愛國捐，還宣誓不買日貨。我滿懷悲憤地回到家來，正看見父親沉默地在書房牆上貼上一張白紙，是用岳飛筆跡橫寫的「五月七日之事」六個大字。父親和我都含着淚，久久地站在這幅橫批的下面，我們互相勉勵永遠不忘這個國恥紀念日！

到了一九一五年的十二月十二日，那是我在齋二這年的上半季，袁世凱公然稱帝了，改民國五年為「洪憲」元年，他還封副總統黎元洪為「武義親王」，把他軟禁在中南海的瀛台裡。黎元洪和我父親是紫竹林水師學堂的同級生，不過我父親學的是駕駛，他學的是管輪，許多年來，沒有什麼來往。民國成立後，他當了副總統，住東廠胡同，他曾請我父親去玩，父親都沒有去。這時他住進了瀛台，父親倒有時去看他，說是同他在木炕上下棋 —— 我從來不知道父親會下棋 —— 每次去看他以前，父親都在制服呢褲下面多穿一條絨布褲子，說是那裡房內很冷。

這時全國又掀起了「護國運動」，袁世凱的皇帝夢只做了八十三天就破滅了。校園內暫時恢復了平靜。我們的聖經課已從《舊約》讀到了《新約》，我從《福音》書裡了解了耶穌基督這個「人」。我看到一個窮苦木匠家庭的私生子，竟然能有那麼多信從他的人，而且因為宣傳「愛人如己」，而被殘酷地釘在十字架上，這個形象是可敬的。但我對於「三位一體」、「復活」等這類宣講，都不相信，也沒有入教做個信徒。

貝滿中齋的課外活動，本來很少，在我齋三那一年，一九一七年的暑假，我和一些同學參加了女青年會在西山臥佛寺舉辦的夏令會。我們坐洋車到了西直門，改騎小驢去西山。這是我到北京以後的第一次郊遊，我感到十分興奮。憶起童年騎馬的快事，便把小驢當成大馬，在土路上揚鞭馳騁，同學當中我是第一個到達臥佛寺的！在會上我們除開會之外還遊了山景，結識了許多其他女校的同學，如天津的中西女校的學生。她們的衣

着比我們講究。我記得當女青年會幹事們讓陳克俊和我在一個節目裡表演「天使」的時候，白綢子衣裙就是向中西女校的同學借的。

開完會回家，北京市面已是亂哄哄的了。謠言很多，説是南北軍閥之間正在醖釀什麼大事，張勳的辮子軍要進京調停。辮子軍紀律極壞，來了就會到人家騷擾。父親考慮後就讓母親帶我們姐弟，到煙台去暫避一時。

我最喜歡海行，可是這次從塘沽到煙台的船上，竟擁擠得使我們只買到貨艙的票。下到沉黑的貨艙，裡面擺的是滿艙的大木桶。我們只好在凹凸不平的桶面上鋪上蓆子。母親一邊揮汗，一邊還替我們打扇。過了黑暗、炎熱、窒息、飢渴的幾十小時，好容易船停了，鑽出艙來，呼吸着迎面的海風，舉目四望，童年的海山，又羅列在我面前，心裡真不知是悲是喜！

父親的朋友、煙台海軍學校校長曾恭甫伯伯，來接我們。讓我們住在從前房子的西半邊。在煙台這一段短短時間裡，我還帶弟弟們到海邊去玩了幾次，在《往事（一）》中也描寫過我當時的心境。人大了些，海似乎也小些了，但對面芝罘島上燈塔的燈光，卻和以前一樣，一閃一閃地在我心上跳躍！

復辟的醜劇，從一九一七年七月一日起，只演了十二天，我們很快就回到北京，準備上學。

貝滿中齋扎扎實實的四個年頭過去了，一九一八年的夏天，我們畢業時全班只有十八個人。我以最高的分數，按照學校的傳統，編寫了「辭師別友」的歌詞，在畢業會上做了「辭師別友」的演説。我的同班從各教會中學升上來的，從此多半都回到母校去教書，風流雲散了！只有我和吳摟梅、鄺淑貞和她的妹妹，我們這些沒有教學的義務的，升入了協和女子大學預科。

我以十分激動的心情，來寫這四年認真嚴肅的生活。這訓練的確約

束了我的「野性」，使我在進入大學的豐富多彩的生活以前，準備好一個
比較穩靜的起步。

一九八四年三月十四日

（本篇最初發表於《收穫》一九八四年第四期）

【賞析】

　　《我的故鄉》等文，以豐富的內容與史料，展示了冰心的成長過程，
而且所有的一切，都是她滿蘊着深情抒寫出來的，無論是山川風物，還是
童年的歡樂，少年的幻想，青年的友誼，無不滲透着真切的情感，加上敘
述語氣的委婉，文字的優美動人，讀來倍感親切，彷彿山澗的清泉，沁人
心脾，是回憶錄中難得的藝術佳構。

　　作者以童真、慧智的眼光，觀察她周圍的人物，以自己純潔的心靈，
體味關懷、哺育、摯愛她的人物的情思，用細密的文筆描寫這些人的際
遇，因而無論是遠逝的曾祖、穩健的祖父、英雄的父親、恩慈的母親，以
及老師、同學，在她的筆下，都栩栩如生，呼之欲出。

綠的歌

【題解】

這是一首散文詩,內容豐富深厚。它不僅是綠的歌,也是一曲祖國、青春的頌歌。

【文本】

我的童年是在大海之濱度過的,眼前是一望無際的湛藍湛藍的大海,身後是一抹淺黃的田地。

那時,我的大半個世界是藍色的,藍色對於我,永遠象徵着闊大,深遠,莊嚴……

我很少注意到或想到其他的顏色。

離開海邊,進入城市,說是「目迷五色」也好,但我看到的只是雜色的黯淡的一切。

我開始嚮往看到一大片的紅色，來振奮我的精神。

我到西山去尋找楓林的紅葉。但眼前這一閃光艷，是秋天的「臨去秋波」，很快的便被朔風吹落了。

在悵惘迷茫之中，我凝視着這滿山滿谷的吹落的紅葉，而「向前看」的思路，卻把我的心情漸漸引得歡暢了起來！

「落紅不是無情物」，它將在春泥中融化，來滋潤培養它的新一代。

這時，在我眼前突兀地出現了一幅綠意迎人的圖畫！那是有一年的冬天，我回到我的故鄉去，坐汽車從公路進入祖國的南疆。小車在層巒疊嶂中穿行，兩旁是密密層層的參天綠樹：蒼綠的是松柏，翠綠的是竹子，中間還有許許多多不知名的、色調深淺不同的綠樹，襯以遍地的萋萋的芳草。「綠」把我包圍起來了。我從驚喜而沉入恬靜，靜默地、歡悅地陶醉在這鋪天蓋地的綠色之中。

我深深地體會到「綠」是象徵着：濃鬱的春光、蓬勃的青春、崇高的理想、熱切的希望……

綠，是人生中的青年時代。

個人、社會、國家、民族、人類都有其生命中的青年時代。

我願以這支「綠的歌」獻給生活在青年的社會主義祖國的青年們！

一九八三年二月十七日

【賞析】

冰心的童年是在大海之濱 —— 煙台度過的，在她稚嫩的目光中，世界

便是「一望無際的湛藍湛藍的大海」，因此她除了驚嘆於、嚮往於那藍色象徵的「闊大，深遠，莊嚴」之外，「很少注意到或想到其他的顏色」。後來她告別了那掩蓋着大半個世界的藍色，來到了北京，於是她便有了「目迷五色」，有了「雜色的黯淡的一切」。但在這雜色黯淡的世界中，她仍孜孜以求「一大片的紅色」，到西山去尋找楓林的紅葉。紅葉的光艷使她振奮，但「落紅」卻又給她增添了幾分惆悵。作者筆觸卻由此引申開來：「落紅不是無情物」，它在春泥中融化，來滋潤培養它的新的一代。這時，在她的「眼前突兀地出現了一幅綠意迎人的圖畫！」她以滿懷喜悅的心情轉向對綠色和春天的讚頌。「綠，是人生中的青年時代」，在「鋪天蓋地的綠色之中」，韶華盡逝的生命將獲得新生。這就自然引發出蘊藏着生活發展的脈絡、辯證的哲理的啟示。文章展現出冰心返回故鄉福建「綠意迎人」的圖畫：「密密層層的參天的綠樹」，「襯以遍地的萋萋的芳草」。這綠色的意境，喚起美的感受，給人以希望，進而點化為「濃鬱的春光、蓬勃的青春、崇高的理想、熱切的希望」的象徵，與人生的青年時代，也與社會、國家、民族、人類聯繫起來，使作品的內涵大大地豐富起來。這篇散文不僅是一支單純的綠的歌，而是一曲奮進、獻身精神的歌，美好青春、未來理想的頌歌。它給人以鼓舞和力量。

我的老伴
——吳文藻

【題解】

　　冰心從一九八〇年起開始在《中國作家》上發表《關於男人》，這是一組回憶和悼念的文章。她在《關於男人》之一的開篇上有這樣一段話：「……我覺得我這一輩子接觸過的可敬可愛的男人，遠在可敬可愛的女人之上。對這些人物的回憶，往往引起我含淚的微笑。這裡記下的都是真人真事，也許都是凡人小事。（也許會有些偉大的事！）但這些小事、軼事，總使我永誌不忘，我願意把這些軼事自由酣暢地寫了出來，只是為怡悅自己。但從我作為讀者的經驗來說，當作者用自己的真實感情，寫出來怡悅自己的文字，也往往會怡悅讀者的。」這段話就是冰心對後來結集出版的《關於男人》散文集的精闢概括。這篇《我的老伴 —— 吳文藻》的回憶文章應該說是這組回憶文章中分量最重的一篇，因為它不僅記述了冰心和文藻「半個多世紀以來的、共同度過、和當時全國大多數知識分子一樣的『平凡』生活」，而且從婚姻家庭的角度，從歷史的高度來審視他們過去和祖國命運休戚相關的人生歷程。

【文本】

之一

我想在我終於投筆之前，把我的老伴——和我共同生活了五十六年的吳文藻這個人，寫了出來，這就是我此生文字生涯中最後要做的一件事，因為這是別人不一定會做、而且是做不完全的。

這篇文章，我開過無數次的頭，每次都是情感潮湧，思緒萬千，不知從哪裡說起！最後我決定要穩靜而簡單地來述說我們這半個多世紀以來的、共同度過的、和當時全國大多數知識分子一樣的「平凡」生活。

今年一月十七大霧之晨，我為《婚姻與家庭》雜誌寫了一篇稿子，題目就是《論婚姻與家庭》。我說：

> 家庭是社會的細胞。
>
> 有了健全的細胞，才會有一個健全的社會，乃至一個健全的國家。
>
> 家庭首先由夫妻兩人組成。
>
> 夫妻關係是人際關係中最密切最長久的一種。
>
> 夫妻關係是婚姻關係，而沒有戀愛的婚姻是不道德的。
>
> 戀愛不應該只感情地注意到「才」和「貌」，而應該理智地注意到雙方的「志同道合」（這「志」和「道」包括愛祖國、愛人民、愛勞動等等），然後是「情投意合」（這「情」和「意」包括生活習慣和愛好等等）。
>
> 在不太短的時間考驗以後，才能考慮到組織家庭。

一個家庭對社會對國家要負起一個健康細胞的責任，因為在它周圍還有千千萬萬個細胞。

一個家庭要長久地生活在雙方人際關係之中，不但要撫養自己的兒女，還要奉養雙方的父母，而且還要親切和睦地處在雙方的親、友、師、生之中。

婚姻不是愛情的墳墓，而是更親密的、靈肉合一的愛情的開始。

「二人同心，其利斷金」，是中國人民幾千年智慧的結晶。

一生的道路，到底是平坦的少，崎嶇的多。

在平坦的路上，攜手同行的時候，周圍有和暖的春風，頭上有明淨的秋月。兩顆心充分地享受着寧靜柔暢的「琴瑟和鳴」的音樂。

在坎坷的路上，扶掖而行的時候，要堅忍地嚥下各自的冤抑和痛苦，在荊棘遍地的路上，互慰互勉，相濡以沫。

有着忠貞而精誠的愛情在維護着，永遠也不會有什麼人為的「劃清界線」，什麼離異出走，不會有家破人亡，也不會教育出那種因偏激、怪僻、不平、憤怒而破壞社會秩序的兒女。

人生的道路上，不但有「家難」！而且有「國憂」，也還有世界大戰以及星球大戰。

但是由健康美滿的戀愛和婚姻組成的千千萬萬的家庭，就能勇敢無畏地面對這一切！

我接受寫《論婚姻與家庭》這個任務，正是在我沉浸於懷念文藻的情緒之中的時候。我似乎沒有經過構思，握起筆來就自然流暢地寫了下去。意盡停筆，從頭一看，似乎寫出了我們自己一生共同的理想、願望和努力

的實踐，寫出了我現在的這篇文章的骨架！

　　以下我力求簡練，只記下我們生活中一些有意義和有趣的值得寫下的一些平凡瑣事吧。

　　話還得從我們的萍水相逢說起。

　　一九二三年八月十七日，美國郵船傑克遜號，從上海啟程直達美國西岸的西雅圖。這一次船上的中國學生把船上的頭等艙位住滿了。其中光是清華留美預備學校的學生就有一百多名，因此在橫渡太平洋兩星期的光陰，和在國內上大學的情況差不多，不同的就是沒有課堂生活，而且多認識了一些朋友。

　　我在貝滿中學時的同學吳樓梅 —— 已先期自費赴美 —— 寫信讓我在這次船上找她的弟弟、清華學生 —— 吳卓。我到船上的第二天，就請我的同學許地山去找吳卓，結果他把吳文藻帶來了。問起名字才知道找錯了人！那時我們幾個燕大的同學正在玩丟沙袋的遊戲，就也請他加入。以後就倚在船闌上看海閑談。我問他到美國想學什麼？他說想學社會學。他也問我，我說我自然想學文學，想選修一些英國十九世紀詩人的功課。他就列舉幾本著名的英美評論家評論拜倫和雪萊的書，問我看過沒有？我卻都沒有看過。他說：「你如果不趁在國外的時間，多看一些課外的書，那麼這次到美國就算是白來了！」他的這句話，深深地刺痛了我！我從來還沒有聽見過這樣的逆耳的忠言。我在出國前已經開始寫作，詩集《繁星》和小說集《超人》都已經出版。這次在船上，經過介紹而認識的朋友，一般都是客氣地說「久仰、久仰」，像他這樣首次見面，就肯這樣坦率地進言，使我悚然地把他作為我的第一個諍友、畏友！

　　這次船上的清華同學中，還有梁實秋、顧一樵等對文藝有興趣的人，他們辦了一張《海嘯》的牆報。我也在上面寫過稿，也參加過他們的

座談會。這些事文藻都沒有參加，他對文藝似乎沒有多大的興趣，和我談話時也從不提到我的作品。

船上的兩星期，流水般過去了。臨下船時，大家紛紛寫下住址，約着通信。他不知道我到波士頓的威爾斯利女子大學研究院入學後，得到許多同船的男女朋友的信函，我都只用威校的風景明信片寫了幾句應酬的話回覆了，只對他，我是寫了一封信。

他是一個酷愛讀書和買書的人，每逢他買到一本有關文學的書，自己看過就寄給我。我一收到書就趕緊看，看完就寫信報告我的體會和心得，像看老師指定的參考書一樣的認真。老師和我作課外談話時，對於我課外閱讀之廣泛，感到驚奇，問我是誰給我的幫助？我告訴她，是我的一位中國朋友。她說：「你的這位朋友是個很好的學者！」這些事我當然沒有告訴文藻。

我入學不到九個星期就舊病 —— 肺氣支擴大 —— 復發，住進了沙穰療養院。那時威校的老師和中、美同學以及在波士頓的男同學們都常來看我。文藻在新英格蘭東北的新罕布什州的達特默思學院的社會學系讀三年級 —— 清華留美預備學校的最後二年，相當於美國大學二年級 —— 新罕布什州離波士頓很遠，大概要乘七八個小時的火車。我記得一九二三年冬，他因到紐約度年假，路經波士頓，曾和幾位在波士頓的清華同學來慰問過我。一九二四年秋我病癒復學。一九二五年春在波士頓的中國學生為美國朋友演《琵琶記》，我曾隨信給他寄了一張入場券。他本來說功課太忙不能來了，還向我道歉。但在劇後的第二天，到我的休息處 —— 我的美國朋友家裡 —— 來看我的幾個男同學之中，就有他！

一九二五年的夏天，我到綺色佳的康耐爾大學的暑期學校補習法文，因為考碩士學位需要第二外國語。等我到了康耐爾，發現他也來了，事前並沒有告訴我，這時只說他大學畢業了，為讀碩士也要補習法語。這

暑期學校裡沒有別的中國學生，原來在康耐爾學習的，這時都到別處度假去了。綺色佳是一個風景區，因此我們幾乎每天課後都在一起遊山玩水，每晚從圖書館出來，還坐在石階上閑談。夜涼如水，頭上不是明月，就是繁星。到那時為止，我們信函往來，已有了兩年的歷史了，彼此都有了較深的了解，於是有一天在湖上划船的時候，他吐露了願和我終身相處。經過了一夜的思索，第二天我告訴他，我自己沒有意見，但是最後的決定還在於我的父母，雖然我知道只要我沒意見，我的父母是不會有意見的！

一九二五年秋，他入了紐約哥倫比亞大學，離波士頓較近，通信和來往也比較頻繁了。我記得這時他送我一大盒很講究的信紙，上面印有我的姓名縮寫的英文字母。他自己幾乎是天天寫信，星期日就寫快遞，因為美國郵局星期天是不送平信的，這時我的宿舍裡的舍監和同學們都知道我有個特別要好的男朋友了。

一九二五年冬，我的威校同學王國秀，畢業後升入了哥倫比亞大學的，寫信讓我到紐約度假。到了紐約，國秀同文藻一起來接我。我們在紐約玩得很好，看了好幾次莎士比亞的戲。

一九二六年夏，我從威校研究院取得了碩士學位，應邀回母校燕大任教。文藻寫了一封很長的信，還附了一張相片，讓我帶回國給我的父母。我回到家還不好意思面交，只在一天夜裡悄悄地把信件放在父親床前的小桌上。第二天，父母親都沒有提到這件事，我也更不好問了。

一九二八年冬，他在哥倫比亞大學得了博士學位，還得到哥校「最近十年內最優秀的外國留學生」獎狀。他取道歐洲經由蘇聯，於一九二九年初到了北京。這時他已應了燕大和清華兩校教學之聘，燕大還把在燕南園興建的一座小樓，指定給我們居住。

那時我父親在上海海道測量局任局長。文藻到北京不幾天就回到上海，我的父母很高興地接待了他，他在我們家住了兩天，又回他江陰老家

去。從江陰回來，就在我家舉行了簡單的訂婚儀式。

年假過後，一九二九年春，我們都回到燕大教學，我在課餘還忙於婚後家庭的一切準備。他呢，除了請木匠師傅在樓下他的書房的北牆，用木板做一個「頂天立地」的大書架之外，只忙於買幾張半新的書櫥，卡片櫃和書桌等等，把我們新居的佈置裝飾和庭院栽花種樹，全都讓我來管。

我們的婚禮是在燕大的臨湖軒舉行的，一九二九年六月十五日是個星期六。婚禮十分簡單，客人只有燕大和清華兩校的同事和同學，那天待客的蛋糕、咖啡和茶點，我記得只用去三十四元！

新婚之夜是在京西大覺寺度過的。那間空屋子裡，除了自己帶去的兩張帆布床之外，只有一張三條腿的小桌子 —— 另一隻腳是用碎磚墊起的。兩天後我們又回來分居在各自的宿舍裡，因為新居沒有蓋好，學校也還沒有放假。

暑假裡我們回到上海和江陰省親。他們為我們舉辦的婚宴，比我們在北京自己辦的隆重多了，親友也多，我們把收來的許多紅幛子，都交給我們兩家的父母，作為將來親友喜慶時還禮之用。

朋友們都勸我們到杭州西湖去度蜜月，可是我們只住了一天就熱壞了，夏天的西湖就像蒸鍋一般！那時劉放園表兄一家正在莫干山避暑，我們被邀到莫干山住了幾天。文藻惦記着秋後的教學，我惦念着新居的佈置，在假滿之前，匆匆地又回到了北京。關於這一段，我在《第一次宴會》那篇小說裡曾描寫過。

上課後，文藻就心滿意足地在他的書房裡坐了下來，似乎從此就可以過一輩子的備課、教學、研究的書呆子生活了。

一九三○年是我們兩家多事之秋，我的母親和文藻的父親相繼逝世。他的母親就北上和我們同住，我的父親不久也退休回到北京來。這時我的二弟為杰已升入燕大，他的妹妹劍羣也入了燕大讀家政系。他們都住

在宿舍，卻都常回來。我沒有姐妹，文藻沒有兄弟，這時雙方都覺得有了補償。

這裡不妨插進一件趣事。一九二三年我初到美國，花了五塊美金，照了一兩張相片，寄回國來，以慰我父母想念之情。那張大點的相片，從我母親逝世後文藻就向我父親要來，放在他的書桌上，我問他：「你真的每天要看一眼呢，還只是一件擺設？」他笑說：「我當然每天要看了。」有一天我趁他去上課，把一張影星阮玲玉的相片，換進相框裡，過了幾天，他也沒理會。後來還是我提醒他：「你看桌上的相片是誰的？」他看了才笑把相片換了下來，說：「你何必開這樣的玩笑？」還有一次是一個陽光燦爛的春天上午，我們都在樓前賞花，他母親讓我把他從書房裡叫出來。他出來站在丁香樹前目光茫然地又像應酬我似的問：「這是什麼花？」我忍笑回答：「這是香丁。」他點了點頭說：「呵，香丁。」大家聽了都大笑起來。

婚後的幾年，我仍在斷斷續續地教學，不過時間減少了。一九三一年二月，我們的兒子吳平出世了。一九三五年五月我們又有了一個女兒 —— 吳冰。我嘗到了做母親的快樂和辛苦。我每天早晨在特製的可以摺起的帆布高几上，給孩子洗澡。我們的弟妹和學生們，都來看過，而文藻卻從來沒有上樓來分享我們的歡笑。

在燕大教學的將近十年的光陰，我們充分地享受了師生間親切融洽的感情。我們不但有各自的學生，也有共同的學生。我們不但有課內的接觸，更多的是課外的談話和來往。學生們對我們傾吐了許多生活裡的問題：婚姻，將來的專業等等，能幫上忙的，就都盡力而為，文藻側重的是選送學社會學的研究生出國深造的問題。在一九三五至一九三六年，文藻休假的一年，我同他到歐美轉了一周。他在日本、美國、英國、法國，到處尋師訪友，安排了好幾個優秀學生的入學從師的問題。他在自傳裡提到

説：「我對於哪一個學生，去哪一個國家，哪一個學校，跟誰為師和吸收哪一派理論和方法等問題，都大體上作了具體的、有針對性的安排。」因此在這一年他僕僕於各國各大學之間的時候，我只是到處遊山玩水，到了法國，他要重到英國的牛津和劍橋學習「導師制」，我卻自己在巴黎住了悠閑的一百天！一九三七年六月底，我們取道西伯利亞回國，一個星期後，「七七事變」便爆發了！

之二

上次未完待續的稿是今年四月二十四日寫的。七個月過去了，中間編輯同志曾多次來催，就總是寫不下去！「七七事變」以後幾十年生活的回憶，總使我膽怯心酸，不能下筆——

說起我和文藻，真是「隔行如隔山」，他整天在書房裡埋頭寫些什麼，和學生們滔滔不絕地談些什麼，我都不知道。他那「頂天立地」的大書架擺着的滿滿的中外文的社會學、人類學的書，也沒有引起我去翻看的勇氣。要評論他的學術和工作，還是應該看他的學生們寫的記述和悼念他的文章，以及他在一九八二年應《晉陽學刊》之約，發表在該刊第六期上的他的《自傳》，這篇將近九千字的自傳裡講的是：他自有生以來，進的什麼學校，讀的什麼功課，從哪位教師受業，寫的什麼文章，交的什麼朋友，然後是教的什麼課程，培養的哪些學生……提到我的地方，只有兩處：我們何時相識，何時結婚，短短的幾句！至於兒女們的出生年月和名字，竟是隻字不提。怪不得他的學生寫悼念他的文章裡，都說：「吳老曾感慨地說『我花在培養學生身上的精力和心思，比花在我自己兒女身上的多多了』。」

我不能請讀者都去看他的《自傳》，但也應該用他《自傳》裡的話，

來總括他在「七七事變」前在燕大將近十年的工作：（一）是講課，用他學生的話說是「建立『適合我國國情』的社會學教學和科研體系，使『中國式的社會學』扎根於中國的土壤之上。」（二）是培養專業人才，請進外國的專家來講學和指導研究生，派出優秀的研究生去各國留學。（「請進來」和「派出去」的專家和學生的名字和國籍只能從略。）（三）是提倡社區研究。「用同一區位的或文化的觀點和方法，來分頭進行各種地域不同的社會研究。」我只知道那時有好幾位常來我家討論的學生，曾分頭到全國各地去做這種工作，現在這幾位都是知名的學者和教授，在這裡我不敢借他們的盛名來增光我的篇幅！但我深深地體會到文藻那些年的「茫然的目光」和「一股傻氣」的後面，隱藏了多少的「精力和心思」！這裡不妨再插進一首嘲笑他的寶塔詩，是我和清華大學校長梅貽琦老先生湊成的。上面的七句是：

馬

香丁

羽毛紗

樣樣都差

傻姑爺到家

說起真是笑話

教育原來在清華

　　「馬」和「羽毛紗」的笑話是抗戰前在北京，有一天我們同到城裡去看望我父親，我讓他上街去給孩子買「薩其瑪」（一種點心），孩子不會說薩其瑪，一般只說「馬」。因此他到了舖子裡，也只會說買「馬」。還有我要送我父親一件雙絲葛的夾袍面子。他到了「稻香村」點心店和「東

升祥」布店，這兩件東西的名字都說不出來。虧得那兩間店舖的售貨員，和我家都熟，打電話來問。「東升祥」的店員問：「您要買一丈多的羽毛紗做什麼？」我們都大笑起來，我就說：「他真是個傻姑爺！」父親笑了說：「這傻姑爺可不是我替你挑的！」我也只好認了。抗戰後我們到了雲南，梅校長夫婦到我呈貢家裡來度周末，我把這一腔怨氣寫成寶塔詩發洩在清華身上。梅校長笑着接寫下面兩句：

　　　　冰心女士眼力不佳
　　　　書呆子怎配得交際花

　　當時在座的清華同學都笑得很得意，我又只好認我的「作法自斃」。
　　回來再說些正經的吧，「七七事變」後這一年，北大和清華都南遷了，燕大因為是美國教會辦的，那時還不受干擾。但我們覺得在北平一刻也呆不下去了，同時，文藻已經同大後方的雲南大學聯繫好了，用英庚款在雲大設置了社會人類學講座，由他去教學。那時只因為我懷着小女兒吳青，她要十一月才出世，燕大方面也苦留我們再呆一年。這一年中，我們只準備離開的一切 —— 這一段我在《丟不掉的珍寶》一文中，寫得很詳細。
　　一九三八年秋，我們才取海道由天津經上海，把文藻的母親送到他的妹妹處，然後經香港從安南（當時的越南）的海防坐小火車到了雲南的昆明。這一路，旅途的困頓曲折，心緒的惡劣悲憤，就不能細說了。記得到達昆明旅店的那夜，我們都累得抬不起頭來，我懷抱裡的不過八個月的小女兒吳青忽然咯咯地拍掌笑了起來，我們才抬起倦眼驚喜地看到座邊圓桌上擺的那大盆猩紅的杜鵑花！
　　用文藻自己的話說：「自一九三八年離開燕京大學，直到一九五一年

從日本回國，我的生活一直處在戰時不穩定的狀態之中。」

他到了雲南大學，又建立起了社會學系並擔任了系主任，同年又受了北京燕大的委託，成立了燕大和雲大合作的「實地調查工作站」。我們在昆明城內住了不久，又有日機轟炸，就帶着孩子們趕到郊外的呈貢，住在「華氏墓廬」，我把這座祠堂式的房子改名為「默廬」，我在一九四〇年二月為香港《大公報》（應楊剛之約）寫的《默廬試筆》中寫得很詳細。

從此，文藻就和我們分住了。他每到周末，就從城裡騎馬回家，還往往帶着幾位西南聯大的沒帶家眷的朋友，如稱為「三劍客」的羅常培、鄭天翔和楊振聲。這些苦中作樂的情況，我在為羅常培先生寫《蜀道難》序中，也都描述過了。

一九四〇年底，因英庚款講座受到干擾，不能繼續，同時在重慶的國防最高委員會工作的清華同學，又勸他到委員會裡當參事，負責研究邊疆的民族、宗教和教育問題，並提出意見。於是我們一家又搬到重慶去了。

到了重慶，文藻仍寄居在城內的朋友家裡，我和孩子們住在郊外的歌樂山，那裡有一所沒有圍牆的土屋，是用我們賣書的六千元買來的。我把它叫做「潛廬」，關於這座土屋和門前風景，我在《力構小窗隨筆》中也說過了。

我記得一九四二年春，文藻得了很重的肺炎，我陪他在山下的「中央醫院」也就是「上海醫學院」的附屬醫院，住了將近一個月，他受到內科錢德主任的精心醫治，據錢主任說肺炎一般在一星期內外，必有一個轉折期，那時才知凶吉。但是文藻那時的高燒一直延長到十三天！有一天早上，護士試過了他的脈搏，驚惶而悄悄地來告訴我說：「他的脈搏只有三十六下了。」急得我趕緊跑到醫院後面的宿舍裡去找王鵬萬大夫夫婦 —— 他的愛人張女士是我的同學 —— 那時我只覺得雙腿發軟，連一座

小小的山坡都走不上去！等我和王大夫夫婦回到病房來時，看見文藻身上的被子已掀過來了，床邊站滿了大夫和護士，我想他一定「完」了！回頭看見窗前桌上放着兩碗剛送來的早餐熱粥，我端起碗來一口氣都喝了下去。我覺得這以後我要辦的事多得很，沒有一點力氣是不行的。誰知道再一回頭看到文藻翻了一個身，長長地吁了一口氣，迸出一身冷汗。大夫們都高興地又把被子給他蓋上，説：「這轉折點終於來了！」又都回頭對我笑説：「好了，您不用難過了……」我擦着臉上的汗説：「你們辛苦了！他就是這麼一個人，什麼都慢！」

　　我的身心交瘁的一個多月過去了，卻又忙着把他搬回山上來，那時沒有公費醫療，多住一天，就得多付一天的住院費，我這個以「社會賢達」的名義被塞進「參政會」的參政員，每月的「工資」也只是一擔白米。回家後還是虧了一位文藻的做買賣的親戚，送來一隻雞和兩隻廣柑，作為病後的補品，偏偏我在一杯廣柑汁內，誤加了白鹽，我又捨不得倒掉，便自己仰脖喝了下去！

　　回家後，大女兒吳冰向我訴苦，説五月一日是她的生日，富奶奶（關於這位高尚的人，我將另有文章記述。）只給她吃一個上面插着一支小蠟燭的饅頭。這時文藻躺在家裡床上，看到爬到他枕邊的、穿着一身淺黃色衣裙，髮上結着一條大黃緞帶的小女兒吳青（這也是富奶奶給她打扮的），臉上卻漾出了病後從未有過的一絲微笑！

　　文藻不是一個能夠安心養病的人。一九四三年初，他就參加了「中國訪問印度教育代表團」去過印度，着重考察了印度的民族和印度教與伊斯蘭教的衝突問題。同年的六月，他又參加了「西北建設考察團」，擔任以新疆民族為主的西北民族問題調查。一九四四年底，他又參加了去到美國的「戰時太平洋學會」，討論各盟國戰後對日處理方案。會後他又訪問了哈佛、耶魯、芝加哥，普林斯頓各大學的研究中心，去了解他們戰時和戰

後的研究計劃和動態，他得到的收穫就是了解到「行為科學」的研究已從「社會關係學」發展到了以社會學、人類學、社會心理學三門結合的研究。

一九四五年八月十四日夜，我們在歌樂山上聽到了日本帝國主義者無條件投降的消息。那時在「中央大學」和在「上海醫學院」學習的我們的甥女和表侄女們，都高興得熱淚縱橫。我們都恨不得一時就回到北平去，但是那時的交通工具十分擁擠，直到一九四五年底我們才回到了南京。正在我們作北上繼續教學的決定時，一九四六年初，文藻的清華同學朱世明將軍受任中國駐日代表團團長，他約文藻擔任該團的政治組長，兼任盟國對日委員會中國代表顧問。文藻正想了解戰後日本政局和重建情況和形勢，他想把整個日本作為一個大的社會現場來考察、做專題研究，如日本天皇制、日本新憲法、日本新政黨、財閥解體、工人運動等等，在中日邦交沒有恢復，沒有友好往來之前，趁這機會去日，倒是一個方便，但他只作一年打算。因此當他和朱世明將軍到日本去的時候，我自己將兩個大些的孩子吳平和吳冰送回北京就學，住在我的大弟婦家裡；我自己帶着小女兒吳青暫住在南京親戚家裡，這一段事我都寫在一九四六年十月的《無家樂》那一篇文章裡，當年的十一月，文藻又回來接我帶着小女兒到了東京。

現在回想起來，在東京的一段時間，是我們生命中的一個轉折點。文藻利用一切機會，同美國來日研究日本問題的專家學者以及東京大學、京都大學的同行人士多有接觸。我自己也接觸了當年在美留學時的日本同學和一些婦女界人士，不但比較深入地了解了當時日本社會上存在的種種問題，同時也深入地體會了美帝國主義的侵略本性！

這時我們結交了一位很好的朋友——謝南光同志，他是代表團政治組的副組長，也是一個地下共產黨員。通過他，我們研讀了許多毛主席著作，並和國內有了聯繫。文藻有個很「不好」的習慣，就是每當買來一本

新書，就寫上自己的名字和年、月、日。代表團裡本來有許多台灣特務系統，如軍統、中統等據説有五個之多。他們聽説政治組同人每晚以在吳家打橋牌為名，共同研討毛澤東著作，便有人在一天趁文藻上班，溜到我們住處，從文藻的書架上取走一本《論持久戰》。等到我知道了從臥室出來時，他已走遠了。

我們有一位姓林的朋友 —— 他是橫濱領事，對共產主義同情的，被召回台灣即被槍斃了。文藻知道不能在代表團繼續留任。一九五〇年他向團長提出辭職。但離職後仍不能回國，因為我們持有的是台灣政府的護照，這時華人能在日本居留的只有記者和商人。我們沒有經商的資本，就通過朱世明將軍和新加坡巨商胡文虎之子胡好的關係，取得了《星檳日報》記者的身份，在東京停留了一年，這時美國的耶魯大學聘請文藻到該校任教，我們把赴美的申請書寄到台灣，不到一星期便被批准了！我們即刻離開了日本，不是向東，而是向西到了香港，由香港回到了祖國！

這裡應該補充一點，當年我送回北平學習的兒女，因為我們在日本的時期延長了，便也先後到了日本。兒子吳平進了東京的美國學校，高中畢業後，我們的美國朋友都勸我們把他送到美國去進大學，他自己和我們都不贊成到美國去。便以到香港大學進修為名，買了一張到香港而經塘沽的船票。他把我們給國內的一封信縫在褲腰裡，船到塘沽他就溜了下去，回到北京。由聯繫方面把他送進了北大，因為他選的是建築系，以後又轉入清華大學 —— 文藻的母校。他回到北京和我們通信時，仍由香港方面轉。因此我們一回到香港，北京方面就有人來接，我們從海道先到了廣州。

回國後的興奮自不必説！一九五一年至一九五三年之間，文藻都在學習，為接受新工作做準備。中間周總理曾召見我們一次，這段事我在一九七六年寫的《永遠活在我們心中的周總理》一文中敘述過。

一九五三年十月，文藻被正式分配到中央民族學院工作。新中國成立後，社會學和其他的社會科學如心理學等，都被揚棄了竟達三十年之久。文藻這時是致力於研究國內少數民族情況。他擔任了這個研究室和歷史系「民族志」研究室的主任。他極力主張「民族學中國化」，「把包括漢族在內的整個中華民族作為中國民族學的研究，讓民族學植根於中國土壤之中」。這段詳細的情況，在《中央民族學院學報》一九八六年第二期，金天明和龍平平同志的《論吳文藻的「民族學中國化」的思想》一文中，都講得很透徹，我這個外行人，就不必多說了。

　　一九五八年四月，文藻被錯劃為右派。這件意外的災難，對他和我都是一個晴天霹靂！因為在他的罪名中，有「反黨反社會主義」一條，在讓他寫檢查材料時，他十分認真地苦苦地挖他的這種思想，寫了許多張紙！他一面痛苦地挖着，一面用迷茫和疑惑的眼光看着我說：「我若是反黨反社會主義，就到國外去反好了，何必千辛萬苦地借赴美的名義回到祖國來反呢？」我當時也和他一樣「感到委屈和沉悶」，但我沒有說出我的想法，我只鼓勵他好好地「挖」，因為他這個絕頂認真的人，你要是在他心裡引起疑雲，他心裡就更亂了。

　　正在這時，周總理夫婦派了一輛小車，把我召到中南海西花廳，那所簡樸的房子裡。他們當然不能說什麼，也只十分誠懇地讓我幫他好好地改造，說「這時最能幫助他的人，只能是他最親近的人了……」我一見到鄧大姐就像見了親人一樣，我的一腔冤憤就都傾吐了出來！我說：「如果他是右派，我也就是漏網右派，我們的思想都差不多，但決沒有『反黨反社會主義』的思想！」我回來後向文藻說了總理夫婦極其委婉地讓他好好改造。他在自傳裡說「當時心裡還是感到委屈和沉悶，但我堅信事情終有一天會弄清楚的」。一九五九年十二月，文藻被摘掉右派分子的帽子。一九七九年又被把錯劃予以改正。

作為一個旁觀者，我看到一九五七年，在他以前和以後幾乎所有的社會學者都被劃成右派分子，在他以後，還有許許多多我平日所敬佩的各界的知名人士，也都被劃為右派，這其中還有許多年輕人和大學生。我心裡一天比一天地坦然了。原來被劃為右派，在明眼人的心中，並不是一件可羞恥的事！

文藻被劃為右派後，接到了撤銷研究室主任的處分，並被剝奪了教書權，送社會主義學院學習。一九五九年以後，文藻基本上是從事內部文字工作，他的著作大部分沒有發表，發表了也不署名，例如從一九五九到一九六六年期間與費孝通（他已先被劃為右派！）共同校訂少數民族史志「三套叢書」，為中宣部提供西方社會學新出名著，為《辭海》第一版民族類詞目撰寫釋文等，多次為外交部交辦的邊界問題提供資料和意見。並參與了校訂英文漢譯的社會學名著工作。他還與費孝通共同搜集有關帕米爾及其附近地區歷史、地理、民族情況的英文參考資料等，十年動亂中這些資料都散失了！

一九六六年「文革」開始了，我和他一樣靠邊站，住牛棚，那時我們一家八口（我們的三個子女和他們的配偶）分散在八個地方，如今單說文藻的遭遇。他在一九六九年冬到京郊石棉廠勞動，一九七○年夏又轉到湖北沙洋民族學院的幹校。這時我從作協的湖北咸寧的幹校，被調到沙洋的民族學院的幹校來。久別重逢後不久又從分住的集體宿舍搬到單間宿舍，我們都十分喜幸快慰！實話說，經過反右期間的驚濤駭浪之後，到了十年浩劫，連國家主席、開國元勳，都不能幸免，像我們這些「臭老九」，沒有家破人亡，就是萬幸了，又因為和民院相熟的同人們在一起勞動，無論做什麼都感到新鮮有趣，如種棉花，從在瓦罐裡下種選芽，直到在棉田裡摘花為止，我們學到了許多技術，也流了不少汗水。湖北夏天，驕陽似火，當棉花稈子高與人齊的時候，我們在密集閉塞的棉稈中間摘花，渾

身上下都被熱汗浸透了，在出了棉田回到幹校的路上，衣服又被太陽曬乾了。這時我們都體會到古詩中的「鋤禾日當午，汗滴禾下土」句中的甘苦，我們身上穿的一絲一縷，也都是辛苦勞動的果實啊！

一九七一年八月，因為美國總統尼克松將有訪華之行，文藻和我以及費孝通、鄺平章等八人，先被從沙洋幹校調回北京民族學院，成立了研究部的編譯室。我們共同翻譯校訂了尼克松的《六次危機》的下半部分。接着又翻譯了美國海斯、穆恩、韋蘭合著的《世界史》，最後又合譯了英國大文豪韋爾斯著的《世界史綱》，這是一部以文論史的「生物和人類的簡明史」的大作！那時中國作家協會還沒有恢復，我很高興地參加了這本巨著的翻譯工作，從攻讀原文和參考書籍裡，我得到了不少學問和知識。那幾年我們的翻譯工作，是十年動亂的歲月中，最寧靜、最愜意的日子！我們都在民院研究室的三樓上伏案疾書，我和文藻的書桌是相對的，其餘的人都在我們的隔壁或旁邊。文藻和我每天早起八點到辦公室，十二時回家午飯，飯後二時又回到辦公室，下午六時才回家。那時我們的生活「規律」極了，大家都感到安定而沒有虛度了光陰！現在回想起來，也虧得那時是「百舉俱廢」的時期，否則把我們這幾個後來都是很忙的人召集在一起，來翻譯這一部洋洋數百萬言的大書，也不是一件容易的事。

「四人幫」被粉碎之後，各種學術研究又得到恢復，社會學也開始受到了重視和發展。一九七九年三月，文藻十分激動地參加了重建社會學的座談會，作了《社會學與現代化》的發言，談了多年來他想談而不能談的問題。當年秋季，他接受了帶民族學專業研究生的任務，並在集體開設的「民族學基礎」中，分擔了「英國社會人類學」的教學任務。文藻恢復工作後，精神健旺了，又感到近幾年來我們對西方民族學戰後的發展和變化了解太少，就特別注意關於這方面材料的收集。一九八一年底，他寫了《戰後西方民族學的變化》，介紹了西方民族學戰後出現的流派及其理論，

這是他最後發表的一篇文章了！

他在自傳裡最後說：「由於多年來我國的社會學和民族學未被承認，我在重建和創新工作還有許多要做，我雖年老體弱，但我仍有信心在有生之年為發展我國的社會學和民族學作出貢獻。」

他的信心是有的，但是體力不濟了。近幾年來，我偶爾從旁聽見他和研究生們在家裡的討論和談話，聲音都是微弱而喑啞的，但他還是努力參加了研究生們的畢業論文答辯，校閱了研究生們的翻譯稿件，自己也不斷地披閱西方的社會學和民族學的新作，又做些筆記。一九八三年我們搬進民族學院新建的高知樓新居，朝南的屋子多，我們的臥室兼書房，窗戶寬大，陽光燦爛，書桌相對，真是窗明几淨。我從一九八〇年秋起得了腦血栓後又患右腿骨折，已有兩年足不出戶了。我們是終日隔桌相望，他寫他的，我寫我的，熟人和學生來了，也就坐在我們中間，說說笑笑，享盡了人間「偕老」的樂趣。這也是十一屆三中全會以後，我們得到的政府各方面特殊照顧的豐碩果實。

「夕陽無限好，只是近黃昏」，這也是天然規律，文藻終於在一九八五年七月三日最後一次住進北京醫院，再也沒有出來了。他的床前，一直只有我們的第二代、第三代的孩子們在守護，我行動不便，自己還要人照顧，便也不能像一九四二年他患肺炎時那樣，日夜守在他旁邊了。一九八五年九月二十四日早晨，我們的兒子吳平從醫院裡打電話回來告訴我說：「爹爹已於早上六時二十分逝世了！」

遵照他的遺囑：不向遺體告別，不開追悼會，火葬後骨灰投海。存款三萬元捐獻給中央民院研究所，作為社會民族學研究生的助學金。九月二十七日下午，除了我之外，一家大小和近親密友（只是他的幾位學生）在北京醫院的一間小廳裡，開了一個小型的告別會（有好幾位民院、民委、中聯部的領導同志要去參加，我辭謝他們說：我都不去你們更不必去

了。），這小型的告別會後，遺體便送到八寶山火化。九月二十九日晨，我們的兒女們又到火葬場拾了遺骨，骨灰盒就寄存在革命公墓的骨灰室架子上。等我死後，我們的遺骨再一同投海，也是「死同穴」的意思吧！

文藻逝世後一段時間內的情況，我在《衷心的感謝》一文中（見《文匯月刊》一九八六年第一期）都寫過了。

現在總起來看他的一生，的確有一段坎坷的日子，但他的「坎坷」是和當時絕大多數的知識分子「同命運」的。一九八六年第十八期《紅旗》上，有一篇「本刊特約評論員」的文章《引導知識分子堅持走健康成長的道路》中的黨對知識分子問題的第四階段上，講得就非常地客觀而公允！

第四階段，從一九五七年到一九七六年。前十年由於黨的指導思想發生了「左」的偏差，黨的知識分子政策開始偏離了正確的方向，知識分子工作也經歷了曲折的道路。主要表現是輕視知識，歧視知識分子，以種種罪名排斥和打擊了一些知識分子，使不少人長期蒙受冤屈。這種錯誤傾向，在長達十年的「文化大革命」中，發展到荒謬絕倫的地步。把廣大知識分子誣蔑為「臭老九」。把學有所長、術有專攻的知識分子誣蔑為「反動學術權威」，只片面地強調知識分子要向工農學習，不提工農羣眾也要向知識分子學習，人為地製造了工人農民同知識分子之間的對立。而重視知識分子，愛護知識分子，反被說成是搞「修正主義」，有「亡黨亡國」的危險。摧殘知識分子成為十年浩劫的重要組成部分。

讀了這篇文章，使我從心裡感覺到中國共產黨真是一個偉大、英明、正確的無產階級政黨，是一個「有嚴明紀律和富於自我批評精神的無產階級政黨」。可惜的是文藻沒能趕上披讀這篇文章了！

寫到這裡，我應當擱筆了。他的也就是我們的晚年，在精神和物質方面，都沒有感到絲毫的不足。要說他八十五歲死去更不能說是短命，只是從他的重建發展中國社會學的志願和我們的家人骨肉之間的感情來說，

對於他的忽然走開，我是永遠抱憾的！

一九八六年十一月二十一日

【賞析】

作者首先引用了她為《婚姻與家庭》雜誌所撰寫的一篇議論文章。這絕非偶然，而是冰心的匠心所在。它恰好給作者提供了記述他們「一生共同的理想、願望和努力的實踐」的一個「骨架」。它不僅為下面的行文定位，也為下面的敘事做好鋪墊，免去在敘事過程中插入議論、暗示，來闡述議論短文中的思想觀點，文章就此一氣呵成。從這一點上說，這樣去組織文章是頗具新意的。

冰心「簡練」地記下他們「生活中一些有意義和有趣的值得寫下的一些平凡瑣事」。由於作者的特殊身份，她先後從各種視角來描寫吳文藻。首先是同學、朋友眼裡的吳文藻：博學多才，思想獨立，品行高尚，以至成為在這位年輕女作家的眼裡的「諍友、畏友」。其次是戀人眼中的吳文藻：深情、執着，是完全可以信賴的意中人。作者對他們的戀愛到結婚雖只有淡淡的幾筆，但是我們可以從樸素中見真誠，體會他們對待婚姻的嚴肅態度。這裡不妨引用吳文藻求婚信中的一段話：

> 我本人覺得一個人，要是思想很徹底，感情很濃密，意志很堅強，愛情很專一，不輕易的愛一個人，如果愛了一個人，即永久不改變，這種人的愛，可稱為不朽的愛了。愛是人格不朽生命永延的源泉，亦即是自我擴充人格發展的原動力。

這是多麼誠摯、執着的感情。當然，他們的婚後生活也不乏活潑精彩的生活「趣事」，如吳文藻居然沒有發覺桌上擺的愛人的照片被換成了影星的照片，竟然不加思索地將丁香花說成「香丁」，一幅「書呆子」的形象躍然紙上，夫婦倆迥異的性格特徵也充分地表現出來了。冰心用更多的篇幅描述了這位一心撲在教學、科研上，「公而忘私」的丈夫。對吳文藻被「錯劃」成右派，以及十年浩劫期間他們的遭遇，冰心和文藻都看得很開，他們飽經滄桑，不去計較個人的得失和安危，而是把自己的命運和絕大多數的知識分子聯繫在一起，和國家和民族利益聯繫在一起，他們舉目向前，相信「有嚴明紀律和富於自我批評精神的無產階級政黨」，一定會把我們的國家引上富強之路。

冰心這篇紀念她老伴的文章不僅寫了吳文藻的大半生，也寫了冰心及其家庭的大半生，從某種意義上說，還反映了同時代知識分子的經歷。不僅如此，就文章內容之豐富，涉及方面之廣，以及它的價值和深邃的內涵而論，這都不是一般傳略可以企及的。

我夢中的小翠鳥

【題解】

冰心晚年多次以夢幻的形式寫出一篇篇小小的精妙佳作，如《說夢》、《痴人說夢》等等。她說「我幾乎每夜都做着極其歡快而絢麗的夢。我會見了已故或久別的親朋，我漫遊了五洲四海的奇境。」她所記錄下來夢幻中的人和事大都是真實的，不過通過夢幻他們折射出更濃烈的生活真實，現實的真實，以象徵揭示生活和現實更深層的內涵。這篇讚賞「小翠鳥」的短文蘊含着深沉的思念，誠摯的讚美和熱情的謳歌。

【文本】

六月十五夜，在我兩次醒來之後，大約是清晨五時半吧，我又睡着了，而且做了一個使我永不忘懷的夢。

我夢見：我彷彿是坐在一輛飛馳着的車裡，這車不知道是火車？是大麵包車？還是小轎車？但這些車的坐墊和四壁都是深紅色的。我伸着左

掌，掌上立着一隻極其纖小的翠鳥。

這隻小翠鳥綠得奪目，綠得醉人！牠在我掌上清脆吟唱着極其動聽的調子。那高亢的歌聲和牠纖小的身軀，毫不相襯。

我在夢中自己也知道這是個夢。我對自己說，醒後我一定把這個神奇的夢，和這個永遠銘刻在我心中的小翠鳥寫下來，……這時窗外啼鳥的聲音把我從雙重的夢中喚醒了，而我的眼中還閃爍着那不可逼視、翠綠的光，耳邊還繚繞着那動人的吟唱。

做夢總有個來由吧？是什麼時候、什麼回憶、什麼所想，使我做了這麼一個翠綠的夢？我想不出來了。

一九九〇年六月十六日響晴之晨

（本篇最初發表於《星火》一九九〇年第十二期）

【賞析】

人們說日有所思，夜有所夢。那麼，什麼所想，使作者「做了這麼一個翠綠的夢？」作者說是「想不出來了」，但是，我們不難發現作者心目中對綠的喜愛。正如冰心在《綠的歌》中說的，「綠」是象徵着：濃鬱的春光、蓬勃的青春、崇高的理想、熱切的希望……「綠」代表了青春。由此可見，小翠鳥象徵着青春，代表了作者的永不衰老的精神，象徵着作者鍾愛的文學女青年。她們的身軀雖然纖小，但歌聲嘹亮，表現了作者對後輩新人的熱情肯定和深切思念。作為讀者，我們可以展開想像的翅膀，去尋求和體驗對美的新感受。

我的家在哪裡？

【題解】

　　冰心從小隨父母由福州遷到煙台，又到上海，最後定居北京。她的家就在北京東城的中剪子巷，在那裡，她進入貝滿女中，協和預科，直到燕京大學。中剪子巷，據她回憶，「我認為一定曾是個很大的剪子作坊，因為在這條巷的前後，還有『北剪子巷』和『南剪子巷』」（《讀了〈北京城雜憶〉》）。冰心就在這裡度過了她的少女時代，也是她一生中很重要的一個時期，這恰好是「五四」運動前後。「五四」運動把她「震」上了寫作的道路！（《從五四到四五》），她從此開始了「問題小說」的創作，她寫了《春水》、《繁星》短詩集。夢見中剪子巷的家，使她浮想聯翩，使她追憶似火的青春年華，使她「回溯起這九十年所走過的甜、酸、苦、辣的生命道路」。

【文本】

夢，最能「暴露」和「揭發」一個人靈魂深處連自己都沒有意識到的「嚮往」和「眷戀」。夢，就會告訴你，你自己從來沒有想過的地方和人。

昨天夜裡，我忽然夢見自己在大街旁邊喊「洋車」。有一輛洋車跑過來了，車夫是一個膀大腰圓，臉面很黑的中年人，他放下車把，問我：「你要上哪兒呀？」我感覺到他稱「你」而不稱「您」，我一定還很小，我說：「我要回家，回中剪子巷。」他就把我舉上車去，拉起就走。走穿許多黃土鋪地的大街小巷，街上許多行人，男女老幼，都是「慢條斯理」地互相作揖、請安、問好，一站就站老半天。

這輛洋車沒有跑，車夫只是慢騰騰地走呵走呵，似乎走遍了北京城，我看他褂子背後都讓汗水濕透了，也還沒有走到中剪子巷！

這時我忽然醒了，睜開眼，看到牆上掛着的文藻的相片，我迷惑地問我自己：「這是誰呀？剪子巷裡沒有他！」連文藻都不認識了，更不用說睡在我對床的陳玙大姐和以後進到屋裡來的女兒和外孫了！

只有住着我的父母和弟弟們的中剪子巷才是我靈魂深處永久的家。連北京的前圓恩寺，在夢中也沒有去找過，更不用說美國的娜安辟迦樓，北京的燕南園，雲南的默廬，四川的潛廬，日本東京麻布區，以及倫敦、巴黎、柏林、開羅、莫斯科一切我住過的地方，偶然也會在我夢中出現，但都不是我的「家」！

這時，我在枕上不禁回溯起這九十年所走過的甜、酸、苦、辣的生命道路，真是「萬千恩怨集今朝」，我的眼淚湧了出來……

前天下午我才對一位年輕朋友戲說，「我這人真是『一無所有』！從我身上是無『權』可『奪』，無『官』可『罷』，無『級』可『降』，無『款』可『罰』，地道的無顧無慮，無牽無掛，抽身便走的人，萬萬沒有想到我

還有一個我自己不知道的、牽不斷、割不斷的朝思暮想的『家』！」

（本篇最初發表於《中國文化》一九九二年第六期）

【賞析】

　　夢把冰心帶回七十年前她在北京度過的少女時代。北京的「洋車」，「男女老幼，都是『慢條斯理』地互相作揖、請安、問好⋯⋯」使她感到無比的親切。冰心雲遊四方，她在美國威爾斯利女子學院、在日本東京的麻布區、巴黎、柏林、開羅、莫斯科都住過，還有雲南的默廬，四川的潛廬，這些地方「偶然也會在我夢中出現，但都不是我的『家』！」而「只有住着我的父母和弟弟們的中剪子巷才是我靈魂深處永久的家。」可見使她最難以忘懷的是她的父母和弟弟們，以及和他們在一起的愉快與幸福的生活。從她的《寄小讀者》的通訊中，我們處處都可以感受到身處異鄉的冰心對父母、家鄉和祖國的眷戀之情。

　　冰心此刻，思緒萬千。她「不禁回溯起這九十年所走過的甜、酸、苦、辣的生命道路，真是『萬千恩怨集今朝』⋯⋯」作為一個高齡作家，經歷多了，閱歷深了，看問題更深透了，說一句話，往往能一針見血，因為她沒有什麼顧忌了。正如她對一位年輕朋友戲說的，「我這人真是『一無所有』！從我身上是無『權』可『奪』，無『官』可『罷』，無『級』可『降』⋯⋯」這些話深含着對人生的思考，也體現了她的正直坦率的風骨。

　　老作家蕭乾讀了這篇文章後，寫了一篇短文，這裡轉錄給大家：

大姐的夢　蕭乾

　　讀了冰心大姐的新作《我的家在哪裡？》，彷彿握到一顆使人愛不釋手的水晶：玲瓏剔透，似在素淡的月色或絳綽燈影下看人生。映照出的是一個小而完整的穹蒼：大姐走過的和正在走著的燦爛旅程。

　　世上，我大概是唯一曾在二十年代初去過她中剪子巷的家 —— 她靈魂深處的家的人，而且去過不知多少次。小學時，我同她的亡弟為楫是同窗。中學時，我在北新當學徒，給她送過校樣和稿酬。大學時，我又師承過文藻先生。她到過的地方，大多也有我的足跡。每次我去看她，首先迎接我的都是陳璵大姐的笑容。小妹和女婿陳恕是我的好友。我們都酷愛喬伊斯和葉芝。鋼鋼更是我的忘年交。

　　人入晚境，難免時而為故人和往事所縈繞。然而大姐絕不是位感傷主義者。文藻師逝世的那天，我親眼看到她在勸慰一位哭成淚人的弔唁者。冰心老人之了不起，首先就在於她雖有時浸在回憶中，然而她那雙炯炯有光的眼睛，更凜然地盯著現實。什麼尖銳的問題她都敢碰，什麼不平她都要鳴。她說她一無所有，然而她擁有一腔火熱的正義感和一具大無畏的心靈。

　　最近看到她題的一幅字：「置身於正道，是為最吉祥。」正是這位九十二歲老人的真切寫照。

　　　　　　　　　　　　　　　　　　　一九九三年春節於北京

詩歌

冰心說：「人類呵！/相愛罷，/我們都是長行的旅客，/向着同一的歸宿。」

【 導 讀 】

　　冰心早在三十年代就被認為是中國現代「最初的最有力最典型的女詩人」（《中國現代女作家》北新書局一九三一年八月版）。冰心從二十年代初到八十年代，寫詩四千六百餘行，譯詩三千五百餘行，她是最早把黎巴嫩詩人紀伯倫的《先知》和《沙與沫》譯成中文的，一九五五年黎巴嫩政府為了表彰她對兩國的文化交流所作的貢獻，經總統親自批准授予她國家級雪松騎士勳章。她一生最美好、最真誠的感情和思想都留在她的詩中，而她的獨樹一幟的「繁星體」、「春水體」的小詩卻給中國現代詩歌百花園中增添了一朵奇葩。

　　冰心的詩從其內容而言，大致可分為三類：

　　1. 以《繁星》、《春水》為代表的哲理詩；

　　2. 《繁星》、《春水》以外的抒情詩；

　　3. 解放以後創作的政治抒情詩。

　　《繁星》、《春水》大多是瞬間靈感的記錄，冰心自己曾反覆說過它們「不是詩」，她還說，「至少是那時的我，不在立意做詩。我對於新詩，還不了解，很懷疑……我以為詩的重心，在內容而不在形式……」（《冰心全集自序》一九二三年）「……我心裡實在是有詩的標準的，我認為詩是應該有格律的 —— 不管它是新是舊 —— 音樂性應該是比較強的。同時感情上也應該有抑揚頓挫，三言兩語就成一首詩，未免太單薄太草率了。」（《我是怎樣寫〈繁星〉和〈春水〉的》）她認為她真正詩的創作是從孫伏園將她的散文排列成詩的開始，這就是《山中雜感》。

　　冰心的抒情詩大致在宗教和世俗之間。宗教抒情詩嚴格地說，只指發表在當時北京基督教青年會會刊《生命》上的，這些詩直到一九九四年才結集在《冰心詩全編》上發表。這些詩歌表現了她閱讀《聖經》時的感受，

它們有對宇宙、自然和對上帝的讚美，在宗教抒情詩中，最多的還是對人格、人生、生命奧秘的思考。

冰心的抒情詩內容極其豐富，有歌詠自然之美，有抒發思親之情，亦有表達理想願望和對醜惡現實格格不入產生的疑惑與迷茫。

從二十年代到三十年代，冰心的詩歌的內容有了明顯的變化，它從個人感情的象牙之塔走進悲涼的現實世界，走進多災多難的祖國人民，形式上從「零碎的篇兒」變到綿綿抒情，對韻律、節奏、音樂性上有刻意追求，不少詩具有「新月派」詩歌的格律風格。

一九五一年冰心一家從日本回到祖國，新生的人民共和國，新型的生活，煥發了冰心的意識青春，她用詩歌來歌頌祖國和人民，歌頌青少年的健康成長。這些詩既有着積極的時代色彩，又有着鮮明生動的藝術形象。

五六十年代，冰心作為中國著名作家多次出席國際作家會議，更作為中國的文化使者，多次出國訪問，頻繁的外事活動，使她寫出了不少謳歌世界人民友誼的詩，她以一個國際主義者的胸懷，歌頌亞非拉弱小民族爭取解放的革命鬥爭，譴責帝國主義的罪惡行徑。

繁星

【題解】

　　一九二三年一月，冰心在商務印書館出版她的第一本詩集《繁星》，共收小詩一百六十四首。這是中國新文學史上第六部個人詩集。這裡選的是其中的二十一首，它們從不同側面反映了冰心早期詩作的藝術風格。

　　冰心在《繁星》的「自序」、《我是怎樣寫〈繁星〉和〈春水〉的》及一九三二年寫的《〈冰心全集〉自序 —— 我的文學生涯》等文章中都述說了她的寫作經過和對詩歌的見解：那時的冰心不在立意做詩，她認為雖然詩的重心在內容不在形式，但詩的形式無論如何自由，而音韻在可能的範圍內還是應該有的。

　　在《遙寄印度哲人泰戈爾》一文中，她說：「你以超絕的哲理，慰藉我心靈的寂寞……你的極端的信仰 —— 你的『宇宙和個人的靈中間有一大調和』的信仰；你的存蓄『天然的美感』，發揮『天然的美感』的詩詞，都浸入我的腦海中，和我原來的『不能言說』的思想，一縷縷的合成琴弦，奏出飄渺神奇無調無聲的音樂。」可以看出，冰心自己的信仰、人生探索，在泰戈爾的世界裡找到了飛翔的天空，而《繁星》和《春水》就是這種信仰、人生探索的思想和藝術的結晶。

【文本】

一

繁星閃爍着 ──
　　深藍的太空，
　　何曾聽得見它們對語？
沉默中，
　　微光裡，
　　　它們深深的互相頌讚了。

二

童年呵！
是夢中的真，
　　是真中的夢，
　　是回憶時含淚的微笑。

一〇

嫩綠的芽兒，
　　和青年説：
「發展你自己！」

淡白的花兒，

和青年説：
「貢獻你自己！」

深紅的果兒，
　和青年説：
「犧牲你自己！」

一二

人類呵！
相愛罷，
　我們都是長行的旅客，
　　向着同一的歸宿。

一四

我們都是自然的嬰兒，
　臥在宇宙的搖籃裡。

一五

小孩子！
你可以進我的園，
　你不要摘我的花 ——
看玫瑰的刺兒，
　刺傷了你的手。

一六

青年人呵！
為着後來的回憶，
　　小心着意的描你現在的圖畫。

二三

心靈的燈，
　　在寂靜中光明，
　　　　在熱鬧中熄滅。

三四

創造新陸地的，
　　不是那滾滾的波浪，
卻是它底下細小的泥沙。

四五

言論的花兒
　　開得愈大，
行為的果子
　　結得愈小。

四八

弱小的草呵！
驕傲些罷，
　　只有你普遍的裝點了世界。

五三

我的心呵！
警醒着，
　　不要捲在虛無的旋渦裡！

五五

成功的花，
　　人們只驚慕她現時的明艷！
　　　然而當初她的芽兒，
　　　浸透了奮鬥的淚泉，
　　　灑遍了犧牲的血雨。

六九

春天的早晨，
　　怎樣的可愛呢！
融冶的風，

飄揚的衣袖，

靜悄的心情。

七四

嬰兒，

是偉大的詩人，

在不完全的言語中，

吐出最完全的詩句。

八八

冠冕？

是暫時的光輝，

是永久的束縛。

一一六

海波不住的問着岩石，

岩石永久沉默着不曾回答；

然而它這沉默，

已經過百千萬回的思索。

一二七

流星，

　飛走天空，

　　可能有一秒時的凝望？

然而這一瞥的光明，

　已長久遺留在人的心懷裡。

一四四

階邊，

　花底，

　　微風吹着髮兒，

　　　是冷也何曾冷！

這古院 ——

　這黃昏 ——

　這絲絲詩意 ——

　　繞住了斜陽和我。

一五六

清曉的江頭，

　白霧濛濛，

是江南天氣，

　雨兒來了 ——

我只知道有蔚藍的海，

卻原來還有碧綠的江，

這是我父母之鄉！

一五九

母親呵！

天上的風雨來了，

　　鳥兒躲到牠的巢裡；

心中的風雨來了，

　　我只躲到你的懷裡。

【賞析】

　　《繁星》中多是歌詠自然、母愛、童真、人類之愛的雋麗晶瑩小詩。冰心純潔的靈魂在大海中浸泡過，少女時代又經中國傳統的教育和熏陶以及西方教會學校的感化，於是母愛、人類之愛和自然之愛的哲學，便得到了深化，而「五四」愛國運動和新文化運動，又使她受到一次全新意識的洗禮。因此她對自然、母愛、童真的思索就隨着這些小詩泉湧出來。

　　這些詩突出的特點是短小、凝練、含蓄，帶有雋永的哲理的意味。

　　由於文字不多，不可能反覆吟詠和鋪陳，這就要盡可能擴大有限文字的容量，冰心在冶煉文字方面顯示了自己扎實的功底。小詩完全擺脫了格律詩的束縛，也很少使用外來語詞，這在當時文言和白話交叉使用、文學創作中出現歐化現象的情況下，冰心運用大眾化的白話寫新詩的創作實踐

是很值得稱讚的。

現在讓我們一起來欣賞《繁星》中的一些小詩：

繁星在深藍的太空閃爍着，它們好似在無聲的對語和讚頌。童年似人生的花的季節，純潔無瑕，它有一個美麗的幻想的天空。作者於是感嘆道：「童年呵！/ 是夢中的真，/ 是真中的夢，/ 是回憶時含淚的微笑。」（二）

作者對童年甜美的回憶是伴隨着母愛和大自然的由衷讚嘆。「我們都是自然的嬰兒，/ 臥在宇宙的搖籃裡。」（一四）這兩行詩，深刻地闡明了人類與自然的關係。「母親呵！/ 天上的風雨來了，/ 鳥兒躲到牠的巢裡；/ 心中的風雨來了，/ 我只躲到你的懷裡。」（一五九）歌頌了純潔高尚的母愛。

冰心的小詩具有豐富而深刻的哲理，幾乎隨便哪一首，都具有一般人沒有發現，或很少思考的，既樸素又深刻的哲理。如：「人類呵！/ 相愛罷，/ 我們都是長行的旅客，/ 向着同一的歸宿。」（一二）「小孩子！/ 你可以進我的園，/ 你不要摘我的花 —— / 看玫瑰的刺兒，/ 刺傷了你的手。」（一五）「青年人呵！/ 為着後來的回憶，/ 小心着意的描你現在的圖畫。」（一六）「創造新陸地的，/ 不是那滾滾的波浪，/ 卻是它底下細小的泥沙。」（三四）「言論的花兒 / 開得愈大，/ 行為的果子 / 結得愈小。」（四五）

詩人對於讚頌的對象，如繁星、小花、泥沙都沒有外在形象的描繪，並盡量避開正面的抒情，通過巧妙的暗示、生動的比喻，寓深意於樸實的語言之中。有的評論家把這些富有哲理的小詩稱之為「哲理詩」。

著名女作家蘇雪林曾說，冰心的詩通過「一片雲，一片石，一陣浪花的嗚咽，一聲小鳥的嬌啼，都能發現其中的妙理；甚至連一秒鐘間所得於軌道邊花石的印象也能變成一段『神奇的文字』」。

春水

【題解】

《春水》是冰心繼《繁星》之後創作出版的第二本詩集,寫於一九二二年三月五日至六月十四日。一九二三年由北京新潮社出版,共有小詩一百八十二首,在藝術技巧上《春水》比《繁星》更成熟一些。

一九二二年前後小詩盛行,主要作者除冰心外,還有宗白華、劉大白、劉半農、俞平伯、康白情、沈尹默、鄭振鐸、王統照及湖畔詩人,他們都寫過小詩,但冰心的成就較高,成為小詩派的代表詩人,因此有的評論家把這類小詩稱為「春水體」,可見《春水》在當時的影響。

【文本】

一

春水!
又是一年了,

還這般的微微吹動。
可以再照一個影兒麼？

春水溫靜的答謝我說：
「我的朋友！
　我從來未曾留下一個影子，
　　不但對你是如此。」

二

四時緩緩的過去──
百花互相耳語說：
「我們都只是弱者！
　甜香的夢
　　輪流着做罷，
　憔悴的杯
　　也輪流着飲罷。
上帝原是這樣安排的呵！」

三

年青人！
你不能像風般飛揚，
　便應當像山般靜止。
浮雲似的

無力的生涯，
只做了詩人的資料呵！

五

一道小河
　平平蕩蕩的流將下去，
只經過平沙萬里 ——
　　自由的，
　　　沉寂的，
它沒有快樂的聲音。

一道小河
　曲曲折折的流將下去，
只經過高山深谷 ——
　　險阻的，
　　　挫折的，
它也沒有快樂的聲音。

我的朋友！
感謝你解答了
　我久悶的問題，
平蕩而曲折的水流裡，
　青年的快樂
　　在其中蕩漾着了！

一八

冰雪裡的梅花呵！
　你佔了春先了。
看遍地的小花
　隨着你零星開放。

一九

詩人！
　筆下珍重罷！
眾生的煩悶
　要你來慰安呢。

二〇

山頭獨立，
　宇宙只一人佔有了麼？

二一

只能提着壺兒
　看她憔悴 ──
同情的水
　從何灌溉呢？
　她原是欄內的花呵！

二二

先驅者！
　你要為眾生開闢前途呵，
　束緊了你的心帶罷！

二三

平凡的池水 ——
　臨照了夕陽，
　便成金海！

三三

牆角的花！
你孤芳自賞時，
　天地便小了。

四三

春何曾說話呢？
　但她那偉大潛隱的力量，
　　已這般的
　溫柔了世界了！

四七

人在廊上，
　書在膝上，
拂面的微風裡
　　知道春來了。

九四

什麼是播種者的喜悅呢？
　倚鋤望——
　到處有青春之痕了！

一一二

浪花愈大，
　凝立的磐石
　在沉默的持守裡，
　　快樂也愈大了。

一一三

星星——
　只能白了青年人的髮，
　不能灰了青年人的心。

一二五

修養的花兒
　　在寂靜中開過去了，
成功的果子
　　便要在光明裡結實。

一五二

先驅者！
　　絕頂的危崒上
　　　可曾放眼？
　　便是此身解脫，
　　　也應念着山下
　　　勞苦的眾生！

一五八

先驅者！
　　前途認定了
　　切莫回頭！
一回頭 ──
　　靈魂裡潛藏的怯弱，
　　要你停留。

一七○

為着斷送百萬生靈
　　不絕的炮聲，
嚴靜的夜裡，
　　淒然的將捉在手裡的燈蛾
　　放到窗外去了。

一七四

青年人，
　　珍重的描寫罷，
時間正翻着書頁，
　　請你着筆！

一八二

別了！
　　春水，
感謝你一春潺潺的細流，
　　帶去我許多意緒。

向你揮手了，
　　緩緩地流到人間去罷。

我要坐在泉源邊，

靜聽回響。

一九二二年三月五日 —— 六月十四日

【賞析】

《春水》中的第一首可以看作詩集的「序」，春水，一年一次地流過歲月的故道，又開始了新的征程，從沒有留下一個影子。光陰在流逝，年復一年，年輕人應該珍視時間，不斷地去追求，去開拓新的、美好的人生和未來。

第二首詩暗示人們不應把自己只看成是一個弱者，甘心接受上帝安排的命運，而應該把命運掌握在自己手中，勇敢地去探索人生。

「心呵！ / 什麼時候值得煩亂呢？ / 為着宇宙， / 為着眾生。」（一六）詩人心裡裝的是宇宙、是眾生，這宇宙不是「一人獨佔」的，而是眾生的宇宙。詩人還說，「筆下珍重罷！ / 眾生的煩悶 / 要你來慰安呢。」（一九）這令人煩悶的世界就在眼前，但「只能提着壺兒 / 看她憔悴 —— / 同情的水 / 從何灌溉呢？ / 她原是欄內的花呵！」（二一）詩人多麼希望有人來解救他們，但卻想不出辦法，不過她不甘罷休，她呼籲「先驅者」：「你要為眾生開闢前途呵， / 束緊你的心帶罷！」（二二）於是詩人把希望寄託在這位「先驅者」身上。

詩人在表達了對黑暗現實的不滿和對人生的追求的同時，沒有停止對大自然的謳歌，她賦予大自然無限的生命和激情。「春何曾說話呢？ / 但她那偉大潛隱的力量， / 已這般的 / 溫柔了世界了！」（四三）是「春」使

這個冷酷的世界有了更多的色彩和溫情。「人在廊上，/ 書在膝上，/ 拂面的微風裡 / 知道春來了。」（四七）也許這個人就是這位「先驅者」！在詩人看來，自然的力量是無窮的，「自然的微笑裡，溶化了人類的怨嗔。」（四九）自然界裡也有風風雨雨，但與人類社會相比它就是詩一般的天堂了。

在這些短詩中還有不少託物寓理的篇什，以鮮明的形象來比喻或暗示某種人生的哲理，給人以生活的啟迪和鼓舞。如告誡珍惜青春、勇於奉獻的：時不待人，願青年人珍重（一七四），認定了前途就要勇敢地前進（一五八），不能孤芳自賞（三三），要像海浪中的岩石一樣，經受的磨煉愈大，快樂也愈大（一一二），成功是修養的果實（一二五），等等。

冰心是一位愛國主義者和人道主義者，她的思想是通過詩的語言和藝術來表現的。「先驅者！/ 絕頂的危崕上 / 可曾放眼？/ 便是此身解脫，/ 也應念着山下 / 勞苦的眾生！」（一五二）這裡，我們可以看到詩人悲天憫人的偉大胸懷。自然，在她的詩裡對戰爭塗炭生靈的抗議，反戰的思想，追求民眾自由解放的精神是不難發現的（一七〇）。

《春水》有如「一春潺潺的細流」，帶着詩人的感喟、祝願、情思，「緩緩地流到人間」（一八二），滋潤着人們的心田。這首詩是詩集的結束篇，詩人也要「坐在泉源邊，/ 靜聽回響」。也就是說，「春水」寄託了「意緒」—— 思想感情，希望得到作品問世後的回音。

玫瑰的蔭下

【題解】

詩歌是抒情的語言藝術，詩人努力使主觀世界的自我表現與對客觀事物的描繪有機地統一在一起。本詩較好地表現了在玫瑰蔭下等候友人的情與景。

【文本】

衣裳上，
書頁上，
都閃爍着
　葉底細碎的朝陽。

我折下一朵來，
等着——等着，

濃紅的花瓣，
正好襯她雪白的衣裳。

冰涼的石階上，
坐着 —— 坐着，
等她下來，
只聞見手裡
　玫瑰的幽香！

一九二二年五月十八日

【賞析】

這首詩具有較強的音樂性。在節奏上，鏗鏘有致，平和舒緩，與抒發深沉婉轉的感情相協調。在韻律上，上、陽、裳、香，押韻恰當，給人以節奏感、音韻美。這是冰心在藝術上漸趨成熟的標誌。

紙船
——寄母親

【題解】

這是一首記懷詩,是冰心一九二三年八月赴美留學途中在郵船上寫的一首詩,副標題為:寄母親。詩人憑藉疊紙船嬉水這種孩提時常玩的遊戲,遙寄自己對母親的懷念,表達了對母親的摯愛深情。

【文本】

我從不肯妄棄了一張紙,
　　總是留着 —— 留着,
疊成一隻一隻很小的船兒,
　　從舟上拋下在海裡。

有的被天風吹捲到舟中的窗裡,
　　有的被海浪打濕,沾在船頭上。

我仍是不灰心的每天的疊着，

　　總希望有一隻能流到我要它到的地方去。

母親，倘若你夢中看見一隻很小的白船兒，

　　不要驚訝它無端入夢。

這是你至愛的女兒含着淚疊的，

　　萬水千山，求它載着她的愛和悲哀歸去。

　　　　　　　　　一九二三年八月二十七日，太平洋舟中。

【賞析】

　　全詩結構緊湊，層次分明，從疊紙船、放紙船到假設母親夢見紙船，步步深入，緊緊圍繞主題，寫得頗有情致。

　　首節以概述的筆調，追敘：「我從不肯妄棄了一張紙，／總是留着——留着」。接連兩個「留着」，不僅形成了詩韻的旋律感，也使詩人執着的感情得以強化，疊成一隻一隻很小的船兒，從舟上拋下在海裡。這「一隻一隻」，自然是說船兒雖小而數量卻多，體現出詩人這一行動的意切情真。

　　第二節承接前意，希望有一隻小船能飄到母親身邊，將第一節中含蘊的情意進一步闡發。前兩句：「有的被天風吹捲到舟中的窗裡，／有的被海浪打濕，沾在船頭上。」乍看似寫自然環境的無情干擾，其實是表達詩人內心的痛楚。她知道，自己此去，短期內是無法相聚的。然而她堅信，母女之間的親情是風吹浪打不能拆開的，萬水千山不能隔斷的。因之下兩句：「我仍是不灰心的每天疊着，／總希望有一隻能流到我要它到的地方去。」

第三節由寫實轉為寫虛，寫夢境，點明題旨。人們在思念至深時，往往寄希冀於夢幻。冰心在《繁星》、《春水》詩集中，曾多處寫夢，如「夢初醒處，山下幾疊雲衾裡，瞥見了光明的她。」冰心相信，她想念母親，母親也在想念她。她疊的小船，定會飄流到母親的睡夢中，她希望母親「不要驚訝它無端入夢」。因為，這小船是女兒流着眼淚疊的，是遠隔萬水千山的女兒求它，載着對母親的摯愛和離別的哀傷到達你的身邊。

　　讀罷《紙船》，誰能不為詩人對母親的摯愛和深情而動情呢！

別踩了這朵花

【 題解 】

　　《別踩了這朵花》是冰心年近花甲時，寫給小朋友的一首詩，最初發表在《中國少年報》一九五七年四月二十五日第三百四十二期。通過花草寄託情懷是我國文學藝術的傳統。冰心愛花、愛小動物，這都是她愛心的體現。冰心謳歌小黃花，因為它象徵着春天的勃勃生機，並以它自己充滿生機的生命，把我們的城市、我們的大地，裝扮得更美麗。從這首詩中，我們可以感受到詩人的一片深情。

【 文本 】

小朋友，你看，
你的腳邊，
一朵小小的黃花。
我們大家

繞着它走，
別踩了這朵花！

去年有一天：
秋空明朗，
秋風涼爽，
它媽媽給它披上
一件絨毛的大氅，
降落傘似地，
把它帶到馬路邊上。

冬天的雪，給它
　蓋上厚厚的棉衣，
它靜靜地躺臥着，
等待着春天的消息。

這一天，它覺得
　身上潤濕了，
它聞見泥土的芬芳；
它快樂地站起身來，
伸出它金黃的翅膀。

你看，它多勇敢，
就在馬路邊上安家；
它不怕行人的腳步，

它不怕來往的大車。

春遊的小朋友們
　多麼歡欣！
春風裡飄揚着新衣
　──新裙，
你們頭抬得高，
　腳下得重，
小心在你不知不覺中，
把小黃花的生機斷送；
我的心思你們也懂，
在春天無邊的快樂裡，
這快樂也有它的一份！

（本篇最初發表於《中國少年報》
一九五七年四月二十五日第三百四十二期）

【賞析】

　　詩人以直率懇切的語氣，向小朋友提出一個希望 ── 一種提醒、囑咐，乃至要求。為什麼這朵小花會引起詩人的如此關注，竟如此牽動了她的心？原來小黃花經歷了一個秋、冬，才迎來了明媚的春天。它不僅有一個愛它的媽媽，而且更有大自然母親的慈厚的關懷，使它得以茁壯成長。小黃花也沒有辜負自己媽媽和大自然的關懷和期望，它以不畏艱險的堅強

性格和蓬勃的生命力，為春天默默做着貢獻，使讀者感受到生機盎然的春天氣息，從而博得了詩人的熱情讚許。

詩人以擬人化手法，大膽、豐富的想像，形象的比喻，使小黃花的形神俱出。小黃花既然也是大自然之子，它理應和我們一起同享春天的歡樂。作者委婉地表達了對生命的意義和價值的理解，同時也籲請小朋友們熱愛、保護小黃花，實際上也是要他們保護一草一木，保護大自然，推而廣之，要大家重視環境保護問題，使人類得以安身立命的生態環境不受人為的破壞。